W0317926

LES MARES-NOIRES

DU MÊME AUTEUR

La Dérive des jours, Hurtubise, 2013
Le Journal du corsaire, Hurtubise, 2016
La Ballade de Robert Johnson, Le Mot et le Reste, 2021

JONATHAN GAUDET

LES MARES-NOIRES

belfond

Titre original :
LA PISCINE
publié par Héliotrope, Montréal (Québec)

Retrouvez-nous sur www.belfond.fr
ou www.facebook.com/belfond

Éditions Belfond,
92, avenue de France, 75013 Paris.
Pour le Canada,
Interforum Canada, Inc.,
1055, bd René-Lévesque-Est,
Bureau 1100,
Montréal, Québec, H2L 4S5

ISBN : 978-2-7144-9747-5
Dépôt légal : octobre 2022

© Jonathan Gaudet, 2016. Tous droits réservés.
© Héliotrope, 2016.
Publication réalisée par l'intermédiaire de Books and More Agency (#BAM).

Belfond | un département **place des éditeurs**

place
des
éditeurs

Pour Téo

« C’est lâcheté de souhaiter seulement la mort. »

OVIDE, *Les Métamorphoses*

Prologue

— Ils les ont arrêtés sur l'autoroute. C'est lui qui conduisait. Il roulait à cent quarante kilomètres à l'heure. Pas brillant, avec une auto volée. Mais attends, il y a mieux : une voiture de police les suivait. Il l'avait pas remarquée. Quand les patrouilleurs ont allumé les gyrophares, il a accéléré d'un coup. Le policier m'a dit qu'il est monté jusqu'à cent soixante-dix avant de pouvoir dépasser. C'est son coéquipier qui a fait l'appel. Ils ont essayé de l'orienter vers la bretelle de sortie, mais rien à faire. Il comprenait pas les signes. Pas étonnant quand on sait... Enfin, il a fini par se ranger. Les deux policiers sont sortis de l'auto-patrouille. En s'approchant du véhicule, ils ont tout de suite compris ce qui allait de travers. Le gars était affalé sur le volant, comme s'il dormait. La porte était verrouillée de l'intérieur. Le policier a frappé sur la vitre pendant une bonne minute avant qu'il lève la tête. Pas beau à voir, paraît-il. Complètement défoncé. Mais ça, c'était rien en comparaison de la fille...

— Quelle fille ?

— Elle était avec lui dans l'auto, évanouie sur le siège côté passager.

— Complice ?

— Oui et non. Le garçon prend la responsabilité du vol de voiture et de la possession de drogue. Il veut la protéger, c'est clair. Pour l'auto, c'était pas prémédité, ça c'est certain. Son propriétaire s'est arrêté pour acheter des cigarettes. Il a laissé le moteur tourner. Nos deux moineaux passaient par là. Ils ont saisi l'occasion. C'est probablement lui qui a pris l'initiative. La fille, je sais pas. Quand les policiers les ont arrêtés, elle était trop défoncée pour faire quoi que ce soit. Pas loin du sommeil comateux. Elle s'est réveillée ici il y a quelques heures. On a appelé le médecin. Il lui a fait une prise de sang. Le gars, lui, sentait l'alcool. On a trouvé du haschich et de l'ecstasy dans sa veste. Elle, rien.

— Quel âge ?

— Le garçon, dix-neuf. La fille, quatorze.

— C'est jeune.

— C'est pas vieux.

— Et elle est là ?

— Elle attend dehors.

— Dans quel état ?

— Elle va un peu mieux. On lui a apporté un sandwich, mais elle y a pas touché. Elle a demandé un café. Le docteur l'a examinée. Tout va bien. Elle a juste besoin d'un peu de temps pour se remettre.

— Et tu veux que je la rencontre maintenant ?

— Juste quelques minutes, le temps d'établir le contact. Elle fait vraiment de la peine à voir. C'est pas sa première fugue. Problèmes de famille. À mon avis, ça lui ferait du bien de te parler tout de suite.

— Tu dis qu'elle est ici ?

— Juste à côté.

— OK. Va la chercher.

Le policier sort de la pièce et referme derrière lui. Le psychologue pose son porte-documents par terre près du bureau. Il enlève sa veste qu'il lance sur le dossier de son fauteuil et se tourne vers la fenêtre. Au-delà de la palissade, les dernières feuilles jaunes tombent des arbres. Dans l'enceinte, les mauvaises herbes pourrissent entre les fissures de l'asphalte. Ciel gris, pluie qui hésite à tomber. Un policier en uniforme allume une cigarette sous une marquise. Un treillis coiffé de barbelés encadre la cour. Le psychologue contourne son bureau et s'assoit dans son fauteuil. Devant lui, deux chaises vides.

La porte s'ouvre. Une jeune fille entre dans la pièce. Le policier qui l'accompagne dépose un dossier sur le bureau et retourne vers la porte.

— T'en as assez de quinze minutes ?

Le psychologue fait signe que oui. La porte se referme doucement. La fille reste debout entre les deux chaises.

— Assieds-toi.

La fille obéit. Son regard ne croise pas celui de l'homme. Ses vêtements et ses cheveux sont sales. Une poche de ses jeans est déchirée. Elle paraît très fatiguée. Le psychologue repousse le dossier et pose ses coudes sur le bureau.

— Tout d'abord, il faut que tu saches que tout ce que tu diras ici restera entre toi et moi. À part certains éléments que je suis tenu par la loi de déclarer, maladies graves, risques suicidaires, homicides ou tout ce qui pourrait menacer ta sécurité. La confidentialité est absolue.

La fille ne bouge pas. L'homme hausse les sourcils.

— Tu sais ce que ça veut dire, « confidentialité » ?

La fille fait oui de la tête, mais garde les yeux rivés au sol. Elle frotte ses mains sur ses cuisses comme pour les réchauffer. Elle tremble légèrement.

— Bien. Je suis ici pour t'aider. Peu importe ton dossier, tes antécédents ou la décision du tribunal concernant ton ami et toi.

La fille hoche la tête encore une fois. L'homme pose ses mains sur le bureau.

— OK. Cette rencontre n'est que l'occasion pour nous de faire connaissance. Tu n'es pas obligée de parler si tu n'en as pas envie. Tu as passé une journée passablement éreintante hier et j'imagine que ce n'est pas mieux aujourd'hui...

Pour la première fois, la jeune fille lève les yeux. La veille, son maquillage a coulé. Le mascara a laissé d'épaisses traces autour de ses yeux. Elle n'a fait aucun effort pour se nettoyer. Le psychologue poursuit.

— Dans les prochaines semaines, nous allons nous rencontrer de façon régulière. Nos rencontres seront informelles, je n'enregistre rien. Parfois je prends des notes, c'est tout. La durée de nos entretiens dépendra de ce qu'on en fait, mais généralement une heure suffit. On peut parler de n'importe quoi. De ta famille, de ton école, de tes amis... Il n'y a pas de sujet tabou ici.

La fille l'observe, interdite. Elle cesse de se frotter les cuisses et croise les bras sur sa poitrine. L'homme incline la tête sans baisser les yeux.

— Je ne suis ni ton juge ni ton ennemi, mais je ne suis pas encore complètement ton ami non plus. Il va falloir travailler là-dessus. Établir une relation basée sur la confiance réciproque. On se comprend ?

De sa main droite, la fille écarte une mèche noire de son visage. Ses ongles sont peints de la même couleur. L'homme lui laisse le temps de répondre, mais elle ne dit rien.

— La conversation serait plus intéressante à deux...

La fille reste muette. Le psychologue tente un sourire qui manque complètement son but. Il ramène le dossier à lui sans l'ouvrir.

— Je ne te force à rien, mais si tu pouvais m'expliquer de vive voix ce qui se trouve là-dedans, ça me ferait plaisir. Je déteste les rapports de police.

La fille détourne le regard vers la fenêtre. Elle observe un instant la clôture barbelée, les feuilles mortes, la cour asphaltée et l'herbe jaunie. Une expression de colère passe sur son visage. L'homme s'en aperçoit.

— Pas très gai, hein ?

La fille ne répond pas. Son regard revient dans la pièce. Du bout de l'ongle, elle se met à gratter le vernis noir qui s'effrite.

— On commence tranquillement, si tu veux. C'est quoi, ton prénom ?

La fille lève les yeux.

— Émilie.

Sa voix est douce et âpre à la fois. Pas celle d'une fille de quatorze ans. Le psychologue hoche la tête sans s'émouvoir.

— OK, Émilie. Et ton nom de famille ?

— Bonaventure.

Le psychologue s'enfonce dans son fauteuil.

— Ça commence bien, tu trouves pas ?

Il ouvre enfin le dossier.

— Maintenant, dis-moi d'où vient la cicatrice que tu as au visage.

- 1 -

Les méandres de la rivière forment une série de courbes convexes et concaves dans lesquelles l'eau se précipite en torrent. Une presqu'île rattachée au rivage par un étroit banc de sable gris raccourcit puis bloque la perspective. Le coin est secret. Des groupes d'adolescents venus du village s'y rejoignent le soir pour y faire des feux de camp, boire de la bière et copuler, laissant derrière eux des trous noirs calcinés et des préservatifs usagés. Un mur de conifères rongés par les larves empêche de voir la longue plaine alluviale appelée Les Mares-Noires et qui s'étend jusqu'aux rives du grand fleuve. Les toits du village sont invisibles, loin derrière la station-service. Au-delà de la rivière et derrière le boisé noirci, l'autoroute scinde le territoire en deux, cicatrice de béton tracée sur la terre ancestrale où passe en grondant le trafic portuaire. Les animaux désertent la nudité de l'endroit pour la profondeur obscure des forêts. Un chemin de terre en lacet où s'égrainent les habitations accompagne la rivière dans ses sinuosités.

La maison est la dernière sur la route. Plus rien après sinon les rangs d'épinettes dévorées par les chenilles,

les zones de coupes forestières et les pylônes métalliques qui acheminent le courant électrique au reste du pays. Une route de campagne avec des pierres grosses comme le poing qui rebondissent sous les roues des tout-terrain. Les Abénaquis fuyant l'avancée des colonies anglaises l'ont jadis empruntée lors de leurs expéditions de pêche, convoyant leurs canoës d'écorce sur leurs épaules meurtries, des lignes à pêche nouées autour de la taille et l'épiderme dévoré par les moustiques. Des carcasses de poissons éventrés ponctuaient la route entre la rive et leur village, témoins muets de la générosité des eaux. Aujourd'hui, le grondement des moteurs remplace le sifflement aigu du vent d'ouest, et les Abénaquis sont parqués dans la réserve de Wôlinak, dix kilomètres au sud du village.

La cour arrière de la maison donne sur le chenal. Le ruisseau vient d'un bras de la rivière qui rejoint le fleuve en formant le terrain qu'on a surnommé l'île Montesson. Une faible pente descend de la galerie jusqu'au rivage rocailleux par un sentier obstrué de broussailles et de racines. Tout au fond parmi les branches coule une eau brune dont le lit pierreux est recouvert de plantes aquatiques et infesté d'insectes aux noms de jeunes filles. Les amphibiens gluants, couleuvres et salamandres au contact glacial abondent. Les mammifères fuyant le bruit de l'autoroute s'y réfugient, survivants d'un univers qui n'est déjà plus le leur, plongeant leurs museaux tremblants dans l'eau sous le couvert de l'ombre des herbes hautes et des fougères.

Les fenêtres donnent à l'est. Les rayons du soleil s'engouffrent entre les troncs d'arbres aussitôt les premières lueurs passées. Le calme est absolu. Seule la ligne éphémère d'un bruant dans le ciel vient en déranger l'immobilité. La maison émerge de l'obscurité comme un iceberg, fendant la surface de la nuit avec une force que rien ne peut arrêter. Ses formes sont rudimentaires et rappellent les constructions du XIXe siècle : quatre murs extérieurs formant un rectangle, deux fenêtres devant et derrière, deux portes, une galerie de planches et un toit en pente pour la neige. Un garage y a été ajouté plus récemment. Seul le mur avant est en pierre, les autres sont en bois. Dans la cour, une voiture recule et s'en va sur la route. À l'intérieur, rien n'a bougé.

Les fenêtres à guillotine assourdissent le cri des oiseaux sans pourtant l'annihiler. Sur la table, un reste de café refroidit au fond d'une tasse. Un bruant vient se poser sur le rebord de la fenêtre et repart aussitôt, effrayé par son reflet. Les rayons lumineux quittent l'horizontal de l'aurore, les formes perdent leur relief confus. Les taches sombres éparpillées par la nuit deviennent des entités concrètes : buissons, troncs, souches, feuillage. L'intérieur de la maison se révèle lentement, les meubles émergent du clair-obscur. Une porte grince. Au fond du corridor, l'ombre d'une silhouette flotte sur le mur.

La femme sort de la chambre à coucher. Elle s'approche de la fenêtre. Le bruant est toujours sur sa branche, son plumage roux se confondant avec les épines rouillées du conifère malade. La ramille plie à peine sous son poids. L'oiseau tourne la tête et s'envole. Un coyote passe le museau entre les branches, à peine visible si ce n'est par ses mouvements. Ses longues oreilles sont dressées sur sa tête. Sa gueule est ouverte comme s'il riait. Il respire par inspirations brèves et saccadées. Il quitte le couvert du sous-bois et remonte la pente conduisant à la galerie. Il avance par petits bonds insouciants, puis s'immobilise soudain, levant la tête. La femme se tient derrière la fenêtre et l'observe.

Le coyote fait quelques pas prudents sur l'herbe. Son corps est maigre et ses muscles sont saillants. Il retourne fréquemment la tête vers la forêt. Son pelage est gris, tirant sur le roux entre les pattes. Il tient sa longue queue au ras du sol. La femme ne bouge pas. Le coyote fait un tour sur lui-même et s'immobilise à nouveau. Leurs regards se croisent. Pupilles froides et fixes. À la fois proie et prédateur. Le coyote reste droit. La femme ne détourne pas les yeux, fascinée par l'anthropomorphique tristesse de la bête qui lui fait face. Le bruit lointain d'un moteur fait dresser les oreilles au coyote. Tête penchée et cou étiré vers l'avant, il revient sur ses pas et se retourne une dernière fois avant de réintégrer l'ombre de laquelle il est venu. L'aurore chasse jusqu'au souvenir de sa présence.

Les pleurs du bébé tirent la mère de sa torpeur. La femme parcourt le corridor en sens inverse et disparaît dans la chambre d'enfant. Les cris cessent aussitôt. Le soleil retrouve la régularité de son axe. L'ombre des arbres se déplace de quelques centimètres sur la pente douce qui mène au chenal. La rosée se dissipe, aspirée par l'atmosphère qui se réchauffe. Les traces laissées dans l'herbe par le coyote se dissolvent lentement.

La femme revient dans la cuisine, le bébé entre les bras. Le mobilier de bois blanchi est simple et ancien, et une vague odeur de sapin s'en dégage. Il appartient au siècle dernier, à une époque de labeur et de robustesse où les hommes construisaient eux-mêmes leurs biens. Plusieurs pièces ont été taillées à la main, les traces de l'artisan y sont partout apparentes. Les instruments du menuisier ont imprimé dans le bois leur éternelle signature. Une table à la surface inégale entourée de quatre chaises à barreaux occupe le centre de la pièce. En dessous, le plancher garde les traces centenaires du frottement des chaises sur le parquet.

Au pied de la table se trouve le berceau de l'enfant, une demi-caisse de bois poli montée sur des patins incurvés. Son fond est garni de couvertures et d'oreillers. C'est là que la mère dépose l'enfant.

Du bout du pied, la femme fait pivoter le berceau. Le bébé ouvre les yeux. Il lève la main au-dessus de son visage, ses doigts tendus à la recherche d'une présence invisible. La femme dépose la bouilloire sur le rond du poêle. La lumière du soleil dessine sur le mur de la cuisine un carré orange marqué d'une croix d'ombre au centre. La femme ouvre l'armoire et en retire une boîte de fer-blanc et un bol en porcelaine. Léger sifflement, l'eau coule, brûlante. La femme dépose le gruau fumant sur la table. Du fond de son berceau, l'enfant examine avec fixité le carré de lumière sur le mur. La femme allume la radio.

On annonce la fermeture de la mine, là-haut dans le Nord, et la destruction de la ville de Gagnon. Il y a des années, la compagnie minière a mis au jour un immense gisement de fer aux abords du lac Barbel, au cœur de la Côte-Nord. Pour l'exploiter, un village entier a aussitôt été construit. À raison de vingt-cinq maisons par mois, le village a été édifié et les employés logés en un rien de temps. Des routes, des usines, des églises, des commerces sont sortis de terre en même temps que le fer de la mine. Pendant deux décennies, on a creusé fosses, bassins, tunnels et galeries, et arraché au sol jusqu'à sa dernière particule de minerai. Aujourd'hui, la compagnie annonce la dissolution du chantier. Le village de Gagnon va rentrer sous terre. Les quatre mille habitants devront retourner chez eux. Pour ceux qui sont nés dans le village, cela pose une question tout particulièrement cruelle.

La femme approche la cuillère de ses lèvres et souffle doucement. Elle tend la nourriture au bébé, qui ouvre la bouche et avale. La purée est tiède et l'air est chaud. Le bébé referme le poing sur le manche de la cuillère. La femme lève les yeux. L'intérieur de la maison est désert et silencieux. Elle observe comme pour la première fois les particules de poussière en suspension dans un rayon de lumière.

Ils ont racheté la maison à un homme qui y avait passé toute sa vie. Un reclus, murmurait-on alors au village. Rien de plus que des rumeurs. Ils ont conservé la photo du vieux propriétaire dans une boîte de carton, au grenier. Le vieil homme y apparaît en tenue de chasse, sans sourire, une carabine à la main. Il leur avait dit que la maison était l'une des premières du village, qu'elle avait été construite sur le site d'une cabane de trappeur, vers 1800. Sa famille l'avait acquise pour une bouchée de pain. L'homme voulait s'en débarrasser mais n'avait jamais dit pourquoi. Il était mort quelque temps après, loin du village, aussi seul qu'il l'avait été toute sa vie. Ils n'avaient jamais reparlé de lui, mais de temps en temps, son image refaisait surface dans leur mémoire. Son histoire était celle du territoire.

Il y a dix mille ans, les premières tribus s'installèrent sur les lieux, trouvant subsistance à travers les neiges d'avril et les bourrasques glaciales venues de la grande rivière, nourrissant leurs familles de racines et de poissons. Elles restèrent longtemps les maîtres de la vaste plaine alluviale. Puis vinrent les chasseurs de baleines, des hommes rudes aux visages barbus et aux manières barbares, maniant le fer et les bateaux longs, égarés sur ces eaux encombrées de glaces. Ils laissèrent leurs noms derrière eux et repartirent au loin, aussitôt suivis sur les routes de mer par d'autres navigateurs de l'extrême, blancs de peau eux aussi, qui leur succédèrent sur ces terres du bout du monde. Les explorateurs français élargirent le territoire et hissèrent des drapeaux tricolores sur les plages de galets. Les marquis et les barons signèrent des traités de paix avec les autochtones et établirent des seigneuries au fil des rivières. Puis le tocsin retentit et la forêt se couvrit de fumée. Dans les sous-bois, on tira du mousquet. Bientôt, les seigneurs français abandonnèrent leurs places fortes, leurs fiefs et leurs baronnies aux canons anglais, laissant derrière eux une indicible nostalgie. L'envahisseur découpa les champs et établit des comtés. Le continent lui appartenait, il se servit généreusement. Maître partout, l'Anglais installa les Abénaquis dans les réserves. Celle de Wôlinak vit le jour. Les Mares-Noires furent abandonnées. Le village garda son nom hérité de la colonie française et se mit au commerce avec l'Anglais. On ouvrit un port, on traça des routes et on cultiva le tabac pour le souverain britannique. On établit des chantiers, on planta les rails et on inaugura les stations l'une après l'autre. Les usines chauffèrent, les cheminées fumèrent et les marteaux résonnèrent partout sur le territoire. Une ère nouvelle commençait, de fer et de vitesse, de compétitivité et de profit. Puis, lorsque ce ne fut plus assez, on scinda l'atome en deux pour chauffer les chaumières. L'année où ils achetèrent la maison au vieil ermite, on inaugura la centrale nucléaire.

Les villageois n'ont pas vu d'un bon œil la construction d'une centrale aussi près de leur village. La résistance naturelle au projet, attisée par la grande peur d'une guerre atomique des années soixante, en a longtemps retardé le chantier. Pour les agriculteurs de la région, pour les familles, pour tout le monde, la menace nucléaire prenait soudainement corps à quelques kilomètres de leur seuil. On voyait la centrale comme une gigantesque bombe à retardement. Impossible de valider ce projet. Pourtant, derrière les portes des ministères, la décision avait été prise longtemps auparavant, il s'agissait seulement de savoir sur qui retomberait le crédit ou le blâme. Sur la rive de la grande rivière allait s'élever le cylindre géant d'un réacteur dont la puissance éclairerait la province. Lumière et puissance, énergie et futur. Dans la bouche des politiciens, ces concepts s'alignèrent avec émotion. On creusa le premier trou.

La femme se lève pour nettoyer le bol. La porcelaine tinte au fond de l'évier. Le bébé se traîne par terre sous la table. De temps en temps, il émet de petits bruits, une goutte de bave tombe sur le parquet. La femme jette un coup d'œil par la fenêtre. Rien ne bouge sur la pente douce qui conduit au chenal. La radio annonce la météo. La femme se fait du café. Bientôt, la bouilloire siffle à nouveau. Sous la table, l'enfant se glisse entre les pattes d'une chaise. Elle se cogne la tête et se met à pleurer. Sa mère s'approche d'elle.

— Émilie, fais un peu attention.

Un bruant que personne n'aperçoit se pose sur la plus haute branche d'une épinette desséchée. De là-haut, l'oiseau peut contempler toute la région. La station-service apparaît au-delà de la route. Le clocher de l'église émerge de la forêt de conifères. Sur l'autoroute, les véhicules passent sans bruit, le grondement de leurs moteurs assourdis par la distance. Le bruant ouvre et referme son court bec. Son appel est à peine audible dans le froissement des épines. Une brise parcourt le feuillage, délicate comme un souffle. Les pattes du bruant se confondent avec l'écorce de l'arbre. Il s'en détache comme un fruit qui tombe.

La femme est assise à table, le journal posé à plat devant elle. Elle boit son café à petites gorgées, les yeux fixés sur la page. Le programme radio s'interrompt. Une voix nouvelle grésille dans la pièce. La femme lève la tête et surprend l'ombre du bruant qui passe sur le mur.

— Des bruits d'explosion ont été entendus ce matin en provenance de la centrale nucléaire. Plusieurs habitants de la région ont confirmé avoir entendu de fortes détonations dans les environs. Nous avons tenté de joindre la direction de la centrale, sans succès. Nous vous tenons informés des développements. De retour à notre programmation régulière.

Le thème de l'émission succède à l'annonce. La femme dépose sa tasse sur la table et se lève. Elle s'approche du téléphone et compose le numéro d'une main tremblante. Une voix féminine lui répond.

— Centrale nucléaire de...

— Bonjour, je m'appelle Catherine Bonaventure, mon mari David travaille dans le secteur de la piscine de stockage. J'ai entendu à la radio... Pouvez-vous me passer son secteur ?

— Je suis désolée, madame Bonaventure, mais nous ne pouvons effectuer aucun transfert téléphonique à l'heure actuelle. Je vous suggère de...

— Pouvez-vous seulement me dire s'il va bien ? C'est que... Ils ont dit à la radio qu'il y avait eu des explosions. Il s'appelle David Bonaventure. Son chef de secteur est Léopold Durand.

La voix ne répond pas tout de suite.

— Un instant, finit-elle par dire. Restez en ligne.

Musique de fond. La femme baisse le son de la radio. Elle se mord la lèvre inférieure. Elle cherche du regard le bébé, qui a disparu sous la table. Une voix d'homme retentit enfin.

— Madame Bonaventure ?

— Oui.

— Je suis désolé, mais nous ne sommes pas en mesure de vous mettre en communication avec votre mari. La centrale émettra un communiqué sous peu. Merci de votre appel.

— Attendez ! Non, je...

Un déclic met fin à la conversation. La femme repose le combiné.

Légères et aériennes, les particules de poussière flottent autour de sa chevelure. La lumière ne l'atteint plus et pourtant sa chaleur demeure en elle. Elle respire les odeurs comme si elles étaient alignées devant elle, isolées les unes des autres pour toujours. Elle voit la tasse de café dont nulle vapeur ne se dégage plus, le bois dur de la table et les oreillers qui gardent en eux le parfum secret d'un autre temps. Chaque objet recèle son arôme discret et impénétrable, son identité indissoluble et inaliénable. La femme passe la main sur son front et ferme les yeux. Les particules de poussière suivent dans l'air le déplacement de son bras. Elles y laissent une trace qu'efface aussitôt son souffle las. Elle ouvre les yeux et aperçoit la télévision.

La femme traverse le salon et s'agenouille devant l'écran. Derrière elle, un sofa et un fauteuil avoisinent une table basse décorée d'un vase vide. Au fond de la pièce, dans le coin sans fenêtre, le téléviseur repose sur un coffre en acajou. La femme allume et fait tourner le sélecteur de chaînes. Sur l'écran cathodique, les formes se meuvent, glissant froidement d'une limite à l'autre de la réalité. La femme retombe sur ses fesses. Elle ne trouve pas ce qu'elle cherche. Dans son dos, attiré par sa présence, le bébé s'approche en gazouillant.

La sonnerie du téléphone retentit. La femme se lève en sursaut. L'enfant se met à pleurer. La mère enjambe le petit corps du bébé et se rue dans la cuisine.

— Allô ?

— Catherine, c'est moi ! On vient d'apprendre pour la centrale. Est-ce que David va bien ?

— Maman !... Je pensais que c'étaient eux qui rappelaient.

— Tu leur as téléphoné ? Qu'est-ce qu'ils ont dit ?

Dans le salon, le bébé commence à hurler.

— Pas grand-chose, ils m'ont presque raccroché au nez.

— Mon Dieu, c'est Émilie qui pleure comme ça ?

— Attends un peu...

La femme retraverse les deux pièces pour aller prendre le bébé, qui refuse de se laisser faire. Les cris s'amplifient. Le corps de l'enfant se tord entre les bras de sa mère.

— Maman, il faut que j'y aille. Émilie pleure.

— Mais... Et David ?

— Je vous téléphone dès que j'ai du nouveau, c'est promis.

La femme raccroche et se rend jusqu'à la chambre. Les cris cessent brusquement. Quand elle revient entre les bras de sa mère, l'enfant tète une suce en caoutchouc coloré. La femme et le bébé passent dans le salon et s'arrêtent devant le poste de télévision. Les yeux fixés sur l'écran, la femme fait les cent pas dans la petite pièce, le plancher craquant au même endroit sur son passage. Aucune mention de la centrale ou des explosions. L'enfant a retrouvé sa quiétude, ses paupières se ferment doucement. La mère pose sa fille sur le sofa et s'assoit près d'elle. La petite rouvre subitement les yeux, mais reste immobile et silencieuse, son corps collé sur celui de sa mère. Ses deux mains se joignent comme pour une prière. Quelque part au fond de la maison, l'horloge marque l'heure.

Elle était enceinte quand ils ont emménagé. Ils habitaient dans un appartement au-dessus de la petite épicerie du village et, en apprenant la nouvelle, ils s'étaient tout de suite mis à la recherche d'une maison. Elle avait longtemps hésité avant d'acheter celle du chenal. L'isolement des Mares-Noires la rebutait.

L'idée de s'extraire du village, où elle avait ses habitudes, ne lui plaisait pas. Elle considérait l'emplacement de son nouveau logis trop retiré, vaguement menaçant. La solitude de l'endroit, la forêt qui bloquait l'horizon de tous les côtés et le rappel constant d'une vie sauvage et incontrôlable qui palpitait à quelques mètres au-delà de son seuil lui inspiraient une peur diffuse. Elle n'en avait rien dit à son mari, suivant ce dernier avec une résignation qu'elle lui avait également dissimulée. La naissance de l'enfant n'avait rien changé. Un malaise latent et jamais complètement avoué la suivait dans chacun de ses mouvements. L'avenir, espérait-elle, lui apporterait la paix et l'équilibre qu'elle recherchait.

À l'écran, un bulldozer jaune vif renverse un amas de planches, de madriers, de poutres et de bardeaux qui a jadis été une maison habitée. Un escadron de véhicules lourds est immobilisé aux abords de la ville ; des grues, des pelles mécaniques et des camions-bennes tous peints de la même couleur solaire attendent le mot d'ordre du contremaître. Dans les prochaines heures, la ville de Gagnon disparaîtra à tout jamais de la surface de la terre. Le dynamitage a déjà eu lieu. Les débris du village seront emportés et dispersés dans l'énorme fosse qui conduisait autrefois à l'entrée de la mine de fer. Les structures lourdes comme les monte-charges, le château d'eau, les citernes et les élévateurs seront coulées dans le lac. À l'endroit où s'élevait l'église se trouve déjà une longue parcelle de terre en jachère sillonnée de traces de chenilles. Au-dessus du chantier de déconstruction, le ciel est gris et morne. La terre brune, sale, trop souvent retournée, fume doucement dans l'heure matinale.

La femme se lève sans réveiller le bébé, qui s'est endormi sur sa cuisse, et revient se planter devant le téléviseur. Deux hommes assis derrière un bureau discutent d'un sujet qui lui échappe. Elle s'accroupit et tourne le bouton. Nouveau tour complet des quelques chaînes. Toujours rien. Elle détourne le regard vers la fenêtre. Les cimes des conifères sont parfaitement immobiles. À des dizaines de kilomètres au-dessus, les cirrus sont mis en lambeaux par les vents stratosphériques. Le calme de la forêt contraste étrangement avec la violence du ciel déchiré. Le regard de la femme revient à l'écran. La silhouette trapue du réacteur y apparaît. Elle retient son souffle. Le reporter annonce un bulletin d'information spécial. La femme s'approche du téléviseur. Un journaliste se tient face à la caméra, micro en main.

— *Ce matin, une série de détonations en provenance de la centrale a alerté les résidents de la région. Selon nos sources, entre six et dix déflagrations se sont fait entendre à proximité du bâtiment. Il y a quelques minutes, la direction de la centrale a confirmé par voie de communiqué qu'une série d'explosions d'origine électrique s'est effectivement produite dans ses installations. La zone contiguë à la piscine de stockage des combustibles irradiés semble avoir été touchée, mais sans subir de dommage grave. Toujours selon les représentants de la centrale, il n'y a absolument aucun risque de fuite nucléaire et aucun danger pour la population locale. Par mesure de sécurité, le réacteur a toutefois été mis à l'arrêt, et on recommande d'éviter de s'approcher de la centrale. Il est à noter que l'une des explosions a temporairement séparé un groupe d'une demi-douzaine d'employés du reste du personnel. Il ne s'agirait là que d'un incident mineur, la brigade de pompiers étant sur le point de les rejoindre. Le reste des employés doit être évacué sous peu. Nous vous tenons informés dès qu'il y a du nouveau.*

Les derniers mots du journaliste flottent derrière elle. La femme se précipite sur le téléphone et compose le numéro de la centrale. Sa main tremble en tenant le combiné. Sans lui laisser le temps de dire un mot, une voix répond.

— Veuillez patienter.

Mise en attente, la femme fixe le téléviseur à travers la pièce. Au bout du fil, on l'a oubliée.

— Merde !

La femme recompose le même numéro. La ligne est occupée. Elle raccroche furieusement, traverse la cuisine et s'arrête devant la table. Sa tasse de café y est toujours. Elle se pince les lèvres. Le bébé se met à pleurer. La femme reste immobile, fixant la tasse de café comme si elle allait y trouver une réponse aux énigmes dont le monde est fait. Elle esquisse enfin un mouvement vers l'enfant, mais se reprend. Une idée. La douleur s'efface aussi vite. La femme disparaît dans le corridor. Elle en revient chargée de vêtements et d'un siège pour bébé. Elle y installe sa fille, qui s'est mise à hurler, et boucle le harnais de sécurité sur sa poitrine. Puis elle va au garage, où elle ouvre la portière arrière de la voiture, et revient à l'intérieur chercher sa fille. Solidement attachée, celle-ci n'a pas bougé mais pleure toujours. La femme s'installe au volant et prend la route.

Le chemin s'étire entre les arbres. La route n'est pas asphaltée et la voiture soulève un nuage de poussière derrière elle. Les branches des arbres se rejoignent au-dessus du chemin pour créer un tunnel dont on ne voit pas le bout. Des deux côtés, les troncs défilent à toute vitesse. La perspective se brouille, verte, noire et grise. De temps en temps, on aperçoit des familles de cerfs par ici, tapis entre les arbres, fragiles sur leurs maigres pattes et tremblants de frayeur. La voiture émerge de la noirceur et s'approche du croisement. Une route en asphalte coupe le chemin de terre. La femme tourne à gauche, vers le village.

La station-service est le premier bâtiment qu'elle rencontre. Une camionnette y est garée sous l'auvent. Un homme vêtu d'une salopette en denim remplit le réservoir de son véhicule. Derrière la fenêtre de la station, un homme en chemise à manches courtes regarde en direction de la route, les poings posés sur les hanches. Le commerce fait office de magasin général. Ici, on ne pose pas de questions. Les adolescents viennent y acheter leurs caisses de bières. La femme roule jusqu'au feu rouge et arrête sa voiture. Elle tapote nerveusement le volant du bout du pouce. Dans son rétroviseur, elle aperçoit les deux hommes, qui se sont rejoints. Le feu passe au vert. La femme enfonce l'accélérateur. Un tracteur tirant un wagon de foin passe en sens inverse. Les toits rouges et verts des premières maisons du village sont visibles devant. Elle se retourne et jette un coup d'œil à sa fille. Le bébé mâchouille sa suce en regardant dehors.

La rue principale scinde le village en deux. D'un côté se trouve le nouveau développement. Les routes y sont rectilignes et perpendiculaires. Les maisons se ressemblent toutes. Les rues ont des noms qui répondent à une thématique : avenue des Érables, rue des Peupliers, boulevard des Saules, place des Chênes. L'endroit est modestement habité, mais la croissance y est forte. Les familles qui y vivent dépendent pour la plupart du parc portuaire et industriel.

De l'autre côté de la rue se trouve le vieux village. Les anciennes demeures de pierre et de bois rond bordent la rivière, qui y dessine une vaste courbe. L'église noircie par les années occupe la place centrale. Son clocher lugubre et décrépi s'élève entre les toits disparates. Les rues tortueuses épousent le relief du terrain. Leurs noms sont ceux des martyrs catholiques qui ont baptisé le pays de leur sang : Brébeuf, Chabanel, Garnier, Lalemant. Les commerces ont disparu, à l'exception du dépanneur, qui reste ouvert jusqu'à vingt-trois heures.

Une campagne hérissée de fermes et de silos se déploie de chaque côté de la route. Les câbles électriques montés sur de gigantesques pylônes d'acier montrent la voie à suivre. Le chemin est entouré de champs. Une silhouette dressée sur son tracteur regarde derrière elle le trait noir qu'elle a tracé dans le sol encore moite. Des plants de tabac d'un vert dur et mat montent vers le soleil. De longues et étroites bandes de terre s'étirent jusqu'au fleuve, entourant le village comme une ceinture. L'autoroute les traverse, sa circulation mugissante allant et venant entre la vaste zone industrielle de la région et la métropole. La femme prend la voie rapide. Sa sortie n'est pas loin. Elle doit encore traverser le paysage de citernes géantes, d'installations sidérurgiques, d'usines chimiques, de chemins de fer et de quais de livraison du parc industriel. Puis elle y est.

Deux kilomètres avant l'entrée de la centrale, une longue file de voitures à l'arrêt l'oblige à s'arrêter. Des barrières bariolées de rouge et de blanc bloquent l'accès au site. Les automobilistes sortent de leurs véhicules et font le pied de grue sur l'asphalte. Quelques mètres derrière le barrage routier, un camion à incendie et deux auto-patrouilles de la police provinciale sont immobilisés sur l'accotement. Un petit groupe commence à s'agglutiner d'un côté des barrières, tandis que de l'autre les pompiers et policiers en uniforme les observent, les bras croisés et l'air sévère.

La femme ouvre sa portière et descend prendre sa fille, qui s'est remise à pleurer sitôt le véhicule arrêté. Son bébé dans ses bras, la femme marche sur le bas-côté. Une voiture s'arrête derrière la sienne. Le regard de la conductrice croise le sien. Sa vitre se baisse.

— Qu'est-ce qui se passe ? Pourquoi ça avance pas ?

La femme regarde en direction des policiers.

— Il y a une barrière. On dirait qu'ils veulent laisser passer personne.

— C'est pas croyable !

La mère observe le visage de sa fille dans le reflet de la glace. L'enfant s'est calmée. Regard attentif et bouche ronde. Une série de coups de klaxon retentit non loin. Un homme debout à côté de son véhicule appuie frénétiquement sur son klaxon par la fenêtre ouverte. Il fait à l'intention des policiers de grands signes exaspérés. Le bébé se remet à pleurer. La femme retourne à l'intérieur de la voiture et referme la portière. Sa fille pressée contre elle, elle s'écarte doucement de la route et se gare sur l'accotement. Elle attend que le klaxon se soit tu et, l'enfant toujours dans ses bras, elle ressort. Évitant les pare-chocs et les capots, elle se fraie un chemin jusqu'à la barrière. Une grande animation y règne. Une discussion houleuse entre les automobilistes mécontents et les policiers menace de dégénérer. Le ton monte. Une femme vêtue de jeans blancs moulants vocifère.

— S'ils vont bientôt sortir, pourquoi est-ce qu'on peut pas passer ? Je viens juste chercher mon mari ! Comment est-ce qu'il va rentrer ? À pied ?

L'un des policiers s'approche de la barrière.

— Je suis désolé, madame. Pour des raisons de sécurité, l'accès à la centrale est interdit. Jusqu'à nouvel ordre, seul le personnel autorisé peut circuler.

Un petit homme rond portant une casquette de base-ball se faufile parmi le rassemblement.

— Excusez-moi, ma femme est la secrétaire du sous-directeur de la centrale, est-ce que je peux lui faire passer un message ? Je veux juste savoir si elle va bien. J'ai essayé de téléphoner, mais je n'ai pas pu lui parler.

— Je regrette, mais c'est impossible, répond calmement le policier. Je suis certain que votre épouse va bien. Il s'agit seulement d'un accident mineur. Vous allez pouvoir voir vos proches bientôt.

La mère se faufile derrière la femme aux jeans blancs.

— Pardon, je suis sans nouvelles de mon mari. Il travaille à la centrale...

La femme aux jeans se retourne vers elle.

— Vous demandez pour rien, ma pauvre, ils veulent rien nous dire.

Elle ajoute plus fort, à l'intention du policier.

— Comment voulez-vous qu'on réagisse quand la centrale nous donne aucune information ? C'est vrai, on m'a même raccroché au nez quand j'ai téléphoné ! Je veux savoir ce qui se passe !

La dernière réplique de la femme reçoit une bruyante approbation de la part des autres automobilistes. Le policier lève les deux mains en signe d'apaisement.

— Écoutez, je sais que vous êtes inquiets. Malheureusement, la seule chose que je peux vous dire maintenant, c'est de rentrer chez vous. Pour votre sécurité, c'est encore le mieux à faire.

— Mais vous ne comprenez pas, hurle une femme au bord de l'hystérie, mon mari est là-dedans !

— Je suis désolé, madame, mais je ne peux rien faire de plus. Il faut être patient et respecter le périmètre de sécurité. Rentrez chez vous. Il n'y a rien d'autre à faire ici pour le moment.

Le bébé commence à se tortiller entre les bras de sa mère, signe avant-coureur d'une crise de larmes.

— Excusez-moi, mais je voudrais seulement savoir si mon mari, David Bonaventure, fait partie des captifs. De ceux qui sont séparés du reste de la centrale...

Le policier s'approche. Il s'appuie sur la barrière en face d'elle.

— Madame, qu'est-ce que vous faites ici avec un enfant ?

— Je cherche mon mari...

— Je vous ai entendue. Retournez donc chez vous avec votre bébé, ce sera mieux pour lui. Ce n'est pas un endroit pour un enfant de son âge ici. Il n'y a vraiment rien d'autre que vous puissiez faire, croyez-moi. Allez vous occuper de votre bébé chez vous.

La femme n'arrive pas à répondre. Autour d'elle, de nombreuses voix s'élèvent pour poser des questions identiques à la sienne. Où est mon mari ?... Qu'est-ce qui se passe ?... Pouvez-vous me dire... quand ?... pourquoi ?... Un homme excédé hurle une insulte. La pression monte. Apeuré par le bruit, le bébé se met à pleurnicher. Son corps infime et fragile détonne avec l'animosité ambiante. La mère regarde autour d'elle. Partout des visages inquiets, les traits déformés par la colère.

La femme s'extrait de la foule et regagne son véhicule. Le calme de l'intérieur de l'habitacle la rassure. Elle s'installe sur la banquette arrière pour cajoler sa fille tandis que celle-ci mâchouille sa suce avec vigueur. Un homme se tient debout sur le toit de sa voiture pour tenter d'apercevoir l'autre côté du barrage routier. Loin au-delà de la vaste forêt qui borde la centrale, les pylônes convoyant l'électricité se dressent comme des arbres desséchés. Nul oiseau ne traverse le ciel pour aller s'y percher.

La mère installe sa fille dans son siège et boucle sa ceinture. Elle enjambe ensuite le bras de vitesse et réintègre le siège du conducteur. Elle jette un coup d'œil dans le rétroviseur. Malgré les nombreuses automobiles qui bloquent la route, il semble possible de suivre l'accotement en marche arrière pour sortir de là. Profitant de l'espace libre entre deux véhicules, la femme fait demi-tour et reprend le chemin de la maison. Toute cette expédition aura été vaine.

La télé est toujours allumée. La mère dépose sa fille sur le tapis du salon et s'installe près d'elle sur le sofa. Le journaliste au microphone se tient debout dans le stationnement de la centrale. Le réacteur est visible derrière lui. Il rappelle les événements survenus depuis le début de la matinée.

— *C'est un agriculteur travaillant sur ses terres à proximité de la centrale nucléaire qui a entendu la première explosion, ce matin vers sept heures. Selon d'autres habitants de la région, une dizaine de déflagrations seraient survenues dans l'enceinte du complexe nucléaire entre sept heures et sept heures trente. La direction de la centrale a réagi en émettant un communiqué dans lequel elle confirme qu'une série d'explosions de faible amplitude se serait bel et bien produite, prenant sa source dans le système électrique du complexe, logé dans la zone contiguë à la piscine de stockage des combustibles irradiés.*

Un plan grossier de la centrale apparaît à l'écran. Une ligne pointillée voyage à travers les installations jusqu'au secteur de la piscine de stockage. Le journaliste reprend :

— *La direction de la centrale a tenu à souligner qu'il n'y avait absolument aucun risque de contamination pour la population, les explosions s'étant produites essentiellement dans le système électrique secondaire du complexe. On recommande toutefois la prudence aux gens résidant à proximité de la centrale. Toujours par mesure de sécurité, le réacteur nucléaire a été mis à l'arrêt jusqu'à ce que soit identifiée la cause exacte des explosions de ce matin. Malgré nos efforts, nous avons été incapables de recueillir le témoignage d'un administrateur ou d'un employé de la centrale. Nous attendons toujours des détails concernant les causes et les possibles conséquences des explosions.*

Le présentateur en studio intervient :

— *Et qu'en est-il du groupe d'employés séparé du reste du personnel ? Les pompiers ont-ils réussi à les rejoindre ?*

— *Pas encore*, répond le journaliste, un doigt sur son oreillette. *Toujours selon les sources officielles, un groupe de sept employés de la centrale, la plupart des techniciens œuvrant dans un secteur adjacent à celui de la piscine de stockage, aurait été empêché de sortir. La brigade de pompiers a déterminé que le sauvetage des captifs était son objectif prioritaire. On n'en sait pas beaucoup plus.*

— *J'ai du mal à comprendre*, interrompt le présentateur. Y *aurait-il eu un écroulement à l'intérieur de la centrale qui aurait isolé les captifs ?*

Le journaliste hoche la tête.

— *Malheureusement, la direction se refuse à tout commentaire concernant l'emplacement exact de ces sept employés. L'administration a promis de tenir un point de presse dans la prochaine heure pour éclaircir la situation et révéler l'identité des captifs. Bien sûr, on vous tient informés des développements.*

L'image d'un homme assis derrière un bureau succède à celle du journaliste.

— *Merci, Jean-Michel. On suit évidemment cette histoire avec beaucoup d'attention.*

La femme baisse le son. Assis sur le tapis, le bébé secoue les pages d'un livre cartonné. De petits gazouillis de plaisir lui échappent de temps en temps. Sa mère fixe sur elle un regard vide. Les formes tanguent doucement autour de l'enfant. La verticale du monde s'incline imperceptiblement. Les murs s'enfoncent, le plancher s'incurve. La femme est prise de nausée. Les coudes sur les genoux et la tête entre les mains, elle contemple longuement les motifs du tapis. Elle se lève.

La femme ouvre la porte de l'armoire et saisit une bouteille à moitié pleine, ainsi qu'un verre propre, et se sert une généreuse rasade. Une onde de chaleur se répand dans son palais, sa gorge et sa poitrine. Elle ferme un instant les yeux. Soupir et brûlure. Puis elle se retourne vers l'enfant. Fascinée par les animaux imprimés sur le livre, la fillette ne fait plus attention à elle. La femme s'autorise une seconde gorgée. Elle repose le verre vide sur le comptoir. Le téléphone sonne.

— Oui ?

— Madame Bonaventure ?

La femme retient son souffle.

— C'est moi.

— Je suis responsable des communications de la centrale nucléaire. Je voulais vous parler avant que vous appreniez la nouvelle à la télévision. Votre mari, David Bonaventure, fait partie des sept employés toujours captifs de la centrale. Nous faisons tout ce qui est en notre pouvoir pour...

La femme lâche le combiné. Des images dansent devant ses yeux. Sur le tapis, le bébé émet un petit rire cristallin en frappant le sol du livre cartonné. La femme inspire douloureusement, une main sur les lèvres, bouche ouverte. L'air lui brûle les poumons. Au salon, l'écran de télévision continue d'émettre les mêmes images de la centrale. Le journaliste se tient devant la caméra.

— *Au moment où je vous parle, les pompiers ont trouvé un passage permettant d'atteindre les captifs. Selon nos sources, l'opération de sauvetage est sur le point de débuter, et ce n'est qu'une question de...*

Déflagration. L'image bascule. Des cris retentissent. Une seconde d'intense confusion. La retransmission se trouble un instant puis retrouve sa clarté. Une dense fumée noire s'élève dans le ciel. Le caméraman reprend pied. Le journaliste se relève lui aussi. Il est décoiffé et a perdu son microphone. Derrière lui, des flammes sont visibles sur le toit d'un des édifices. La femme laisse échapper un cri. Effrayé par le bruit, le bébé se met à pleurer.

Le journaliste ramasse son micro. Il doit hurler pour couvrir le bruit.

— *M'entendez-vous en studio ? Allô, il y a quelqu'un qui...*

Une deuxième explosion avale le reste de sa phrase. La caméra oscille à nouveau, mais reprend vite sa stabilité. Le toit du bâtiment a disparu derrière un écran de fumée. Au-delà de la clôture grillagée de l'enceinte, un camion de pompiers passe en trombe et freine à quelques mètres du bâtiment incendié. Un groupe de pompiers en sort pour se fondre dans la fumée, qui se referme sur eux. Dans le parking, la panique est alimentée par les cris aigus d'une femme. Le bébé joint sa voix à la sienne.

La mère n'entend pas les pleurs de sa fille. À genoux dans le salon, elle est collée à l'écran. Le journaliste a retrouvé son microphone. Dans la cohue, il doit crier pour se faire entendre.

— *... par une deuxième explosion qui vient tout juste de secouer la centrale nucléaire. Je tente de vous décrire ce que je vois. Il y a beaucoup de fumée qui s'échappe de l'édifice situé à la droite du réacteur. Le toit d'un des bâtiments semble s'être effondré. La visibilité est à peu près nulle et il est très difficile de respirer. Les policiers ont commencé à évacuer le stationnement tandis qu'une première escouade de pompiers est entrée dans le bâtiment en flammes...*

Le journaliste est secoué par une quinte de toux qui l'empêche de poursuivre. La voix du présentateur en studio prend le relais.

— *Jean-Michel ? On ne vous entend plus. Y a-t-il le risque d'une troisième explosion ?*

Le journaliste se redresse, face à la caméra. Son oreillette pend au bout de son fil. Il poursuit sans avoir entendu la question du présentateur.

— *Les pompiers municipaux ont été alertés. J'aperçois d'ici plusieurs camions qui traversent le barrage des policiers pour prêter main-forte à la brigade de la centrale.*

Le caméraman montre en gros plan les camions rouges aux gyrophares allumés qui franchissent les dernières barrières d'accès.

— *Je vois les portes de la centrale qui s'ouvrent. Plusieurs personnes en sortent. On dirait... Oui, ce sont les employés qui évacuent le complexe. Un instant, j'essaie de m'approcher...*

Escorté par le caméraman, qui capte ses moindres gestes, le journaliste se fraie un passage à travers la foule alarmée qui l'assaille.

— *Que se passe-t-il à l'intérieur ?* demande-t-il à une femme tenant un mouchoir sur sa bouche. *Quelle est la situation dans la centrale ?*

La femme ne l'entend pas et passe son chemin en le bousculant.

— *Excusez-moi, monsieur*, recommence-t-il en s'adressant à un homme vêtu d'un bleu de travail. *Y a-t-il des risques de contamination ?*

L'homme lui jette un regard torve et continue sans s'arrêter. Le journaliste insiste. Il s'approche du policier qui dirige le flot des évacués vers la sortie du parking.

— *Officier, êtes-vous allé à l'intérieur de la centrale ? Pouvez-vous nous décrire la situation ?*

Le policier se retourne vers lui.

— *Qu'est-ce que vous faites là ? Le stationnement doit être évacué. Il n'y a pas de temps à perdre. Allez, on y va !*

Une main gantée se pose sur l'objectif de la caméra. La transmission est interrompue. De retour en studio, le présentateur, pris au dépourvu, attend un signe de son régisseur. Se souvenant qu'il est en direct, il reprend la parole.

— *Eh bien, merci Jean-Michel... Mesdames et messieurs, nous revenons après une courte pause publicitaire avec ce bulletin spécial.*

Une publicité succède au commentaire du présentateur. Le bébé hurle à s'en faire éclater les poumons. Pour la première fois, la mère prend conscience de ses cris. Elle s'écarte de la télévision, reprenant pied dans le monde réel. Toujours allongée par terre, tordue de colère, la petite ne montre guère d'enthousiasme à retrouver sa mère. Même lorsque celle-ci la soulève et la prend dans ses bras, elle ne dérougit pas, ses petites menottes battant l'air devant elle.

— Chut, chut... lui souffle sa mère en la berçant.

La femme passe devant la fenêtre. Nul vent n'agite les branches des arbres. De temps en temps, un oiseau vient se poser sur l'herbe, mais repart aussitôt. La longue pente douce menant au chenal semble dénuée de vie. Le souvenir du coyote flotte toujours entre les troncs du sous-bois, maintenant gorgé de lumière. En bas, dans la noirceur du chenal, des bêtes sans nom s'abreuvent en silence.

La mère donne le biberon à sa fille. Petit à petit, les sanglots de l'enfant s'espacent. Ses mouvements s'apaisent et la crise s'estompe. La petite s'endort dans les bras de sa mère. Doucement, la femme la dépose dans son berceau.

La pause publicitaire est terminée depuis longtemps. Des images de la centrale captées de très loin défilent à l'écran. L'incendie fait rage. Les pompiers enfilent leur équipement, dressent leurs échelles, déroulent leurs lances puis s'enfoncent courageusement dans le mur de fumée. Sur la route menant à la centrale, c'est maintenant un véritable chaos automobile. Aucune nouvelle de son mari ni des autres captifs. Elle se sert un autre verre. Le liquide lui brûle la poitrine. Les images passent en boucle. L'explosion, l'arrivée des pompiers, la chute du toit, l'évacuation des employés... La femme a la tête qui tourne. Elle n'a encore rien avalé de la journée.

Elle se prépare un sandwich, qu'elle mange à petites bouchées devant le téléviseur. À de nombreuses reprises, le présentateur du bulletin et le journaliste se posent la question des captifs, mais sans y apporter de réponse. Les hypothèses abondent. Les informations en provenance de la direction de la centrale, des différentes brigades de pompiers et des policiers municipaux sont contradictoires. La rumeur court que le toit du bâtiment se serait écroulé à l'endroit précis où se trouvaient les employés. La femme retourne à la cuisine et s'arrête devant le téléphone, qui pend toujours au bout de son fil. Elle saisit le combiné et compose le numéro.

— Allô ?

— Allô, maman, c'est moi.

— Mon Dieu, Catherine, enfin ! Depuis tout à l'heure qu'on essaie de te joindre !

— Maman, je...

— Je suis tellement contente que tu appelles ! As-tu des nouvelles de David ? On a appris à la télévision qu'il faisait partie des sept captifs. Mon Dieu, quelle horreur !

— Non, j'ai pas de nouvelles. Je suis devant la télé, comme vous...

— As-tu téléphoné à la centrale ?

— Non, c'est eux qui m'ont appelée. Je pense pas que ça donne grand-chose de rappeler maintenant.

— Mais on sait jamais ! Et son superviseur ? Comment il s'appelle ? Tu sais, le grand, il était chez vous l'an dernier...

— Léopold, répond la femme, Léopold Durand. Oui, je pourrais essayer.

Elle hésite. Sa voix a changé.

— C'est tellement irréel... Qu'est-ce qu'on va faire s'il s'en sort pas ?

— Mon Dieu, Catherine, parle pas comme ça !

La femme sent le malaise de sa mère à travers le combiné.

— Ça sert à rien de s'inquiéter avant de savoir ce qui s'est vraiment passé, tu penses pas ?

La femme ravale ses larmes.

— C'est vrai, tu as raison.

— Ton père dit de téléphoner à M. Durand. Et tu nous donnes des nouvelles dès que tu apprends quelque chose, OK ?

— C'est promis.

— Comment va Émilie ?

— Elle dort.

— C'est bien. Va appeler M. Durand.

— Je vous rappelle.

La femme raccroche en reniflant. Dans un tiroir, elle prend le carnet où David inscrit les numéros et les adresses. Elle trouve rapidement les coordonnées de Léopold et, un œil sur la page, elle compose son numéro. Une voix de femme lui répond.

— Oui ?

— Bonjour, Maryse. C'est Catherine Bonaventure, la femme de David...

— Catherine, mon Dieu, je pensais justement à toi ! Comment tu vas ? Léopold vient de me téléphoner.

Il a été évacué. Il est sain et sauf. As-tu des nouvelles de David ?

— Non, justement, c'est pour ça que je t'appelle. Léopold t'a rien dit à propos de lui ?

Hésitation.

— Non, je suis désolée.

Nouveau silence.

— Ça veut rien dire, tu sais.

— Oui, répond la femme, je sais.

— Je suis certaine que tout va bien. C'est difficile, mais il faut patienter.

La femme lâche un petit rire triste.

— C'est exactement ce que dit ma mère... Mais tu as raison. Merci, Maryse.

Elle hésite, puis demande :

— Comment va ta grossesse ?

Soupir au bout du fil.

— Bien, très bien, même. Mais c'est long d'attendre comme ça.

La conversation s'épuise.

— Maryse ?

— Oui ?

— Non, rien. Excuse-moi de t'avoir dérangée. Je vais retourner devant la télé. Si tu as du nouveau...

— Bien sûr, je t'appelle.

Les deux femmes se disent au revoir.

Au milieu de la cuisine, sa propre présence lui paraît déplacée. Comme si cet endroit n'était plus fait pour elle. Son regard erre à travers la pièce, s'attardant sur chaque meuble, remettant son utilité en question. La femme fait un pas et s'immobilise, prise de vertige. Elle respire l'odeur ambrée, presque végétale des planches. La folie lui monte lentement à la tête. Au fond du berceau, le bébé dort, bouche ouverte, sans bruit ni mouvement.

Au salon, le présentateur qu'elle a suivi toute la matinée énumère des faits qu'elle connaît à présent par cœur.

La luminosité de la pièce s'est modifiée depuis le matin. La cuisine est maintenant plongée dans l'obscurité. Seule la lueur de l'écran de télévision illumine l'intérieur de la maison. La femme est prostrée au salon. Dehors, les carnassiers sont en mouvement et leurs pattes soyeuses foulent le sous-bois avec légèreté. Les oiseaux se sont abreuvés et se sont tus pour la nuit. Le vent s'est levé. La forêt retentit de craquements secs, comme si les arbres se parlaient entre eux après des siècles de silence. Les rares prédateurs surgissent de leur tanière, traquant leurs proies avec un appétit qui les rend hagards et audacieux. Au-dessus des cimes, des nuages sans fin obscurcissent le ciel. Deux phares éclairent le bout de la route.

La femme se redresse en voyant le pick-up se garer dans sa cour. Un homme de grande taille en sort. Elle se précipite vers la porte d'entrée, qu'elle ouvre avec fracas.

— Léopold !

L'homme grimpe les quelques marches qui mènent à l'entrée de la maison. Il semble très gêné.

— Bonsoir, Catherine.

— Entre, Léopold, viens !

Il refuse d'un geste.

— Vaut mieux pas...

La femme s'écroule sur le pas de la porte.

— David...

- 2 -

Une voiture prend à gauche après la station-service et continue vers le village. Les bancs de neige ont converti les routes en de longues tranchées blanches. Le soleil s'est couché il y a peu et ses dernières lueurs achèvent de mourir derrière le mur d'épinettes des Mares-Noires. La neige reflète la lumière des phares comme un miroir gris et mauvais. Le village semble désert, à l'exception des fenêtres illuminées qui ponctuent les ténèbres grandissantes. Il est à peine dix-sept heures.

L'aspect des édifices exprime une indicible désolation, impression amplifiée par la saison. Le vieux village n'est plus ce qu'il était, c'est vrai. La voiture dépasse l'église. Le chauffeur n'a aucun problème à repérer l'adresse que lui indique son passager. Les pneus crissent sur la neige compacte. La voiture ralentit et s'immobilise devant le dépanneur, éclairé de néons rouges, bleus et blancs. La portière du côté passager s'ouvre. Un homme descend, remercie et disparaît à travers la rangée de sapins qui borde l'autre côté de la rue. À moitié dissimulé par les branches, il regarde s'éloigner la voiture vers la sortie du village. Son souffle flotte devant lui.

Au-dessus du dépanneur, de la lumière apparaît entre les rideaux.

Depuis quelques années, la partie ancienne du village n'attire plus personne. Ceux qui y possèdent une demeure n'arrivent plus à la vendre et les prix baissent. À l'exception d'un couple ou deux de personnes âgées se rendant à la messe du dimanche matin, on n'y croise plus personne. Le prêtre local a trois paroisses à sa charge et n'anime plus la célébration dominicale qu'une semaine par mois. La route du parc portuaire et industriel contourne le village sans y entrer. On commence à murmurer parmi les habitants les plus anciens que le cimetière est le seul endroit qui se peuple encore.

La femme entrouvre le rideau et soulève la fenêtre à guillotine. Il y a de la fumée de bois dans l'air. Du haut du deuxième étage, elle aperçoit le clocher de l'église et sa croix lumineuse, seule dans l'obscurité du ciel. Elle retourne à la cuisine, où mijote un ragoût. Son odeur se diffuse dans tout l'appartement. Les pièces du logement sont exiguës. La cuisine et le salon forment le seul espace ouvert. Les deux chambres à coucher se trouvent au bout du couloir. Les jouets éparpillés sur le plancher trahissent la présence d'un enfant. Le tapis étouffe le bruit des pas. Au-dessus de la table, un plafonnier usé jette un éclairage jaune sur le couvert mis pour trois. Sur l'étagère, les photos se répondent. Une femme et une fille, toujours les mêmes.

— Pourquoi t'as ouvert la fenêtre ? J'ai froid !

Un documentaire animalier passe à la télévision. Une meute de loups gris se déploie à travers la toundra, espérant cerner un troupeau de caribous en fuite. La plaine est pauvre en végétation, et seuls le lichen, l'herbe jaune et la mousse poussent sur les pierres. Le soleil est bas, les ombres longues. La meute attaque. Les caribous sont pris de panique. Le ciel est gris et impitoyable. Les loups divisent le troupeau en deux, puis en quatre, essayant d'isoler les individus les plus faibles en semant le chaos. Une femelle est séparée de son faon, qui se retrouve seul parmi les loups. Un vent à coucher les arbustes par terre souffle sans discontinuer. La meute s'affale sur le faon et l'achève à coups de crocs.

— Le monsieur, il vient ou il vient pas ?

La femme lève la tête sans cesser de hacher les légumes.

— Il a dit qu'il venait.

— Qu'est-ce qu'on fait s'il vient pas ?

— Il va venir.

La grande migration des caribous se poursuit à travers ce territoire dédaigné par l'homme. Du haut des airs, les pygargues, faucons et busards aperçoivent la vaste harde des mammifères qui longe les reliefs du sol, épousant dans sa course folle les collines grises et douces du terrain subarctique, se muant en un serpent aux multiples têtes. Les mâles en sueur pointent leurs bois sanguinolents vers l'horizon. Les femelles suivent derrière, yeux exorbités et corps frémissant, sans cesse attaquées par les essaims de moustiques et de mouches noires. Leurs petits les accompagnent dans leur migration insensée, haletant à leurs côtés, trébuchant et chutant entre leurs longues pattes noueuses.

— Maman, j'ai froid !

— Va la fermer, la fenêtre.

— Mais je regarde la télé...

La femme traverse la cuisine et le salon. La fenêtre claque sur le cadre. Le parking du dépanneur est illuminé. La neige scintille entre les ornières tracées par les véhicules. La femme lève la tête vers le ciel. Le silence est infini, opaque. Les étoiles ne lui apportent aucun réconfort. La femme s'éloigne de la fenêtre et reprend son couteau. La laitue hachée tombe dans le bol. La lame racle le bois de la planche à découper.

— Maman, j'ai soif.

— Et ?

— Je veux du jus.

La femme montre le réfrigérateur de la pointe de son couteau. La fillette se lève en bougonnant. La surface blanche du frigo est recouverte de dessins retenus en place par des aimants. La petite ouvre la porte et saisit un carton de jus, qui paraît immensément lourd entre ses mains. Elle le dépose sur la table en chancelant, dévisse le bouchon et se sert un généreux verre, éclaboussant son chemisier.

— Fais attention, Émilie !

Cette dernière repose laborieusement le carton sur la table et braque son regard sur sa mère. Absorbée par sa tâche, la femme ne la remarque pas. Elle plonge une longue cuillère de bois au fond du chaudron en fonte noire et remue le ragoût. La fillette s'assoit sur une chaise, les bras derrière la nuque. Ses pieds se balancent dans le vide. Son regard retrouve la télévision. Le troupeau descend une pente lisse et traverse une rivière à la nage. Au-delà de la rive, la plaine éternelle d'un pays qui n'a pas encore de nom s'étire jusqu'aux confins de la terre.

La femme s'essuie les mains sur son tablier et se penche au-dessus du poêle. Du chaudron monte une riche odeur de viande. Satisfaite, elle soulève le verre de vin posé à proximité.

— Pourquoi il vient manger ici, le monsieur ?

La femme fronce les sourcils.

— Baisse le son, on s'entend pas penser, ici.

La fillette se lève. Sur l'écran apparaît une bande verte décroissante. Le niveau sonore redevient tolérable.

— Tu m'as pas répondu. C'est qui, le monsieur ?

— C'est un collègue de travail.

— C'est toi qui l'as invité ?

— Oui.

Sur l'écran, les caribous s'immobilisent. Le troupeau se regroupe, les individus se serrent les uns contre les autres. La nuit arrive.

— C'est bizarre.

— Quoi ?

— Qu'il vienne ici. Est-ce qu'on peut aller manger au restaurant ?

— Ça fait deux heures que je cuisine. Qu'est-ce que t'en penses ?

La fillette ouvre la bouche et la referme. Ses pieds se balancent toujours dans le vide. La chaise craque.

— C'est ton amoureux ?

— T'as lavé tes mains ?

— Je sais pas.

— Alors vas-y.

Pendant que sa fille disparaît dans le couloir, la cuisinière inspecte la pièce du regard. Un bruit d'eau provient de la salle de bains. Les caribous sont immobiles près d'un lac. Les outardes traversent le ciel en formant un V, puis se posent dans une cacophonie de jappements. Le troupeau ne remarque pas leur présence. La fillette revient de la salle de bains.

— Je suis obligée de lui parler ?

La femme jette un coup d'œil à l'horloge.

— Quoi ?

— Est-ce que tu vas lui parler, toi ?

— Ben oui.

— Pourquoi ?

— Parce qu'il est notre invité, Émilie. Voyons...

— Mélissa a reçu plein de jouets de son nouveau papa quand sa maman s'est mariée avec lui.

— Ah ?

— Tu vas te marier avec le monsieur ? Parce que s'il me donne des jouets, je sais ce que je veux avoir.

— Tu vas pas un peu vite en affaires ?

La fillette boit une gorgée de jus, inclinant le verre dans un angle impossible. Le liquide coloré lui dégouline sur les joues. La femme le remarque.

— Émilie, combien de fois il faut que je te dise de faire attention ! Il va bientôt arriver. Je peux pas te changer toutes les cinq minutes.

— Je peux mettre de la musique ? demande Émilie en reposant son verre sur la table.

— Va plutôt te changer.

La petite ne bouge pas. Sa mère lui montre la direction de la chambre.

— Va te changer, s'il te plaît ! Mets ta robe bleue.

La petite bougonne. Elle donne un coup de pied qui fait à peine vaciller la chaise. Petits pas furieux vers la chambre à coucher.

La femme vide le contenu de son verre de vin. La neige s'est remise à tomber. Les flocons sont petits et légers et ne présagent nullement la tempête qui vient.

La fillette revient vêtue d'un chemisier propre. D'un pas dansant, elle sautille jusqu'à la chaîne stéréo.

— Je peux mettre de la musique maintenant ?

— T'as pas mis ta robe bleue ?

Sans répondre, l'enfant allume la radio. Pianotant sur les boutons, elle sélectionne une chaîne au hasard. Mélodie alambiquée et rythme hachuré. Un désagréable tapage s'installe entre la radio et le téléviseur.

— Moins fort, la musique ! Et par pitié, éteins la télé.

— Quoi ?

— La télévision, éteins-la !

— Mais je la regarde encore.

— Émilie !

— Maman, c'est pas fini.

Le générique déroulant sur fond de toundra la contredit.

— Je t'en prie, Émilie, fais ce que je dis. Il est presque six heures, il va arriver bientôt. Éteins la télé et baisse le son de la radio, OK ?

— Hum.

— Allez, tout de suite !

La fillette revient à la télévision et l'éteint. Elle exécute un pas de danse compliqué qui la conduit devant la radio et baisse le volume.

— Comme ça ?

— Oui, merci.

Elle se rassoit sur sa chaise. Son regard s'attarde sur l'une des photos de l'étagère.

— Maman ?

— Oui ?

— Est-ce que tu penses à papa des fois ?

— Pourquoi tu me demandes ça ?

La fillette fronce les sourcils.

— C'est parce que moi j'y pense jamais. Juste quand je regarde les photos.

La femme ouvre le frigo, le referme, se cherche une contenance.

— Tu l'as pas tellement connu.

L'enfant remue sur sa chaise. Sa mère rectifie.

— Est-ce que tu aimerais ça, avoir un papa, Émilie ?

Celle-ci réfléchit. Elle hésite un instant, les yeux levés au plafond.

— Je sais pas. Je pense que oui. Tous les autres à la maternelle en ont un. Même Mélissa, elle en a deux. Ses parents sont divorcés.

La femme coupe le feu. Elle plonge la cuillère de bois dans le ragoût et mélange, tenant le couvercle brûlant de sa main gantée.

— Tu veux sentir ?

La petite secoue la tête. Sa mère repose le couvercle. La sonnette retentit.

— Oh ! fait la fille en sursautant. C'est le monsieur !

La femme marche jusqu'à l'interphone. Une voix qui grésille lui parvient de la rue.

— C'est moi...

— On est au deuxième. L'escalier est au fond.

La femme enfonce le bouton qui active l'ouverture automatique de la porte de l'immeuble. Elle ôte son tablier, qu'elle cache dans un tiroir, puis met sa main devant sa bouche et souffle, respirant son haleine. Déjà, on cogne à la porte. La fillette court se cacher derrière une chaise. La femme va ouvrir.

L'homme se tient sur le seuil. Il est vêtu d'un vaste manteau d'hiver à motif de camouflage dont les épaules sont mouillées par la neige. Il porte des jeans bleus, une casquette de chasse à oreillettes et de lourdes bottes de travail. Sa barbe est longue et brune. Il frappe ses bottes l'une contre l'autre pour en déloger la neige avant de tendre la main vers la femme, qui l'invite à entrer.

— Ça sent bon ici, dit-il d'une voix grave. J'espère que je suis pas en retard.

— Non, non, répond la femme. Pile à l'heure.

— Tiens, c'est pour toi, fait l'homme en tendant une bouteille enveloppée dans un sac en papier. Comme je connaissais pas tes goûts...

La femme saisit la bouteille en le remerciant. L'homme parcourt la pièce des yeux. La femme surprend son regard et rougit, mal à l'aise.

— Je sais que c'est petit...

Un sourire éclaire le visage de l'invité.

— T'as pas à t'excuser, Catherine. T'es bien, ici.

Celle-ci sourit en détournant le visage. Le visiteur s'avance vers la fillette toujours cachée derrière la chaise et s'accroupit. Elle recule.

— Moi, c'est Richard. Et toi, comment tu t'appelles ?

La petite enfonce la tête dans ses épaules. Elle ne répond pas, mais ne détourne pas le regard.

— Elle est toujours un peu timide avec les inconnus.

— Comme moi, murmure l'homme à l'intention de la petite fille.

Tandis que Catherine range la bouteille, Richard fouille dans la poche de son manteau et fait signe à la fillette.

— Viens ici, j'ai quelque chose pour toi.

Il sort une boîte oblongue et plate recouverte de velours noir. Il s'agenouille et tend l'objet à la petite fille. Elle jette un coup d'œil interrogatif à sa mère, qui approuve d'un hochement de tête. Timidement, elle fait un pas en avant, saisit la boîte et l'ouvre. C'est un bracelet de billes multicolores. La fillette se retourne aussitôt vers sa mère, les yeux ronds.

— Regarde, maman, un bracelet !

Elle trépigne sans détacher les yeux du bijou de plastique.

— Tu as dit merci ?

— Merci ! tinte la voix chantante de la petite fille, qui passe aussitôt le bracelet à son poignet.

— De rien, dit Richard en se relevant, le même sourire aux lèvres.

Catherine offre un verre de vin à son invité, qui refuse poliment.

— Je veux pas faire ma fine bouche, mais si t'avais une bière, je dirais pas non...

Catherine retourne vers le frigo pendant que son invité accroche son manteau au dos d'une chaise. Elle revient avec une bière.

— Santé, dit Richard en levant la bouteille. Merci pour l'invitation.

Il lâche un petit rire.

— En fait, j'ai comme l'impression que c'est moi qui me suis invité. J'espère que tu m'en veux pas, j'ai le défaut d'être trop direct. Quand je veux quelque chose...

Émilie ne prête aucune attention à la conversation qui s'amorce. Se pavanant devant le miroir du salon, elle joue à l'adulte. Catherine désigne sa fille du menton.

— Tu as fait une heureuse.

Richard avale une gorgée de bière et s'essuie la moustache avec sa lèvre inférieure.

— Tu aimes le jazz ? demande-t-il en montrant la radio.

— C'est Émilie qui a choisi la station.

S'entendant nommer, la petite vient se joindre à eux dans la cuisine. Elle tourbillonne autour de la table, son poignet en l'air.

— Émilie, veux-tu faire visiter notre appartement à notre invité pendant que je sers le repas ?

La petite fronce les sourcils et fait non de la tête.

— Allez, insiste sa mère. Tu peux lui montrer tes photos si tu veux.

À la mention des photographies, ses yeux s'illuminent. Elle fonce au salon et en revient avec un album gigantesque.

— Qu'est-ce que c'est ? demande Richard.

— C'est mon album ! répond la fillette, enjouée.

Elle le place sur le divan et l'ouvre à la première page. Richard dépose sa bière sur la table à café et s'agenouille près d'elle. Même à genoux, il fait deux fois sa taille. La fillette tourne les pages, commentant chaque photographie. « Ça, c'est moi bébé... Ça c'est mon toutou... Ici, c'est maman quand elle était jeune... Là, c'est grand-papa et grand-maman dans leur jardin... Ça, c'est à la garderie quand on faisait du bricolage... Ici, c'est moi avec mon amie Mélissa à la maternelle... » L'enfant tourne la page et arrive sur un cliché en noir et blanc retenu aux quatre coins par de fines bandes adhésives blanches. La photographie représente un homme d'une vingtaine d'années posant devant sa voiture.

— Ça, c'est mon papa, dit Émilie. Il est mort.

Richard jette un coup d'œil à la cuisine. Catherine s'affaire avec les plats, elle n'a rien entendu. La fillette tourne la dernière page comme si de rien n'était et referme l'album dans un souffle.

— Voilà !

Elle abandonne l'album de photos sur le divan et va en chercher un deuxième sur la tablette. Sa mère l'interrompt.

— Pas celui-là, Émilie.

L'enfant se fige au milieu de la pièce.

— Pourquoi pas ?

— Parce que c'est servi. À table, tout le monde !

La petite indique aux adultes l'endroit où ils doivent s'asseoir. Richard remercie poliment quand son assiette arrive devant lui. Ses deux mains sont posées de chaque côté de son plat. Catherine remarque qu'il porte une chevalière en argent.

— Une autre bière ?

Il accepte. Catherine rapporte aussi la bouteille de vin.

— C'est quoi, ta bague ? demande la fillette en mâchant une bouchée de ragoût.

— Émilie, ferme la bouche quand tu manges.

Richard sourit. Il lève la main et montre l'anneau au-dessus de son plat.

— C'est une bague de la réserve canadienne.

La fillette s'approche pour mieux voir. Le chaton de la chevalière est orné d'une feuille d'érable surmontée d'une couronne derrière laquelle se croisent deux sabres.

— C'est écrit « Esprit de corps » en dessous de la feuille, explique Richard. J'étais dans la première réserve. Je l'ai fait faire quand mon contrat s'est terminé, il y a deux ans.

— Tu étais dans l'armée ?

— C'est ça.

— Tu as tué quelqu'un ?

— Personne.

— Tu es amoureux de maman ?

Richard en recrache presque sa bouchée.

— Émilie, mon Dieu ! lance sa mère en se cachant le visage.

— T'as des bonnes questions, toi !

Ne comprenant pas l'hilarité qu'elle a provoquée, la fillette insiste.

— Ben, oui ou non ?

— Demande-le-moi la prochaine fois qu'on se voit, OK ?

— Tu faisais quoi, dans l'armée ? le relance Catherine.

— Je m'occupais des déplacements de troupes, de la logistique de ravitaillement, du transport de personnes et de l'évacuation des soldats. Mais je faisais aussi l'entretien des véhicules.

— Tu as été longtemps dans la réserve ?

— Quelques années seulement. C'est mon frère, le vrai militaire de la famille. Il est mécano à bord du *Terra Nova*. Il doit être quelque part dans le golfe Persique à l'heure qu'il est. Son bateau a été déployé dès le début de l'opération *Tempête du désert*.

Il boit une gorgée de bière.

— Il voulait voir du pays, il a persévéré dans la carrière militaire. Moi, j'ai toujours eu l'intention de faire autre chose après mon contrat. Démarrer mon entreprise, revenir dans la région, m'établir. Lui, c'était différent. Il a jamais pu rester au même endroit très longtemps.

— C'est dangereux, sur le bateau ? demande la fillette.

— Aux dernières nouvelles, le *Terra Nova* escortait un navire-hôpital de l'armée américaine. Pas beaucoup de risques donc.

— Quel travail, n'empêche ! commente Catherine.

— C'est ce que je me dis aussi.

Émilie, que cette conversation commence à ennuyer, se tourne vers sa mère.

— Maman, est-ce que je peux aller jouer ?

— T'as pas fini ton assiette.

— Mais ma bedaine est pleine. Regarde !

Elle enfonce deux doigts dans son estomac en faisant la moue.

— Bon, mais il y aura pas de dessert après, hein ?

— OK...

La petite saute de sa chaise et file dans sa chambre.

— Elle est gentille, ta fille.

Catherine sourit tristement.

— Y a de bons moments.

Elle change aussitôt de sujet.

— Raconte-moi comment c'était dans la réserve.

Richard s'incline sur son dossier, faisant craquer la chaise.

— Je me suis enrôlé très jeune. Au début, c'était surtout pour suivre mon frère. À l'époque, je savais pas trop quoi faire de ma peau et j'étais pas très fort à l'école. Je travaillais les fins de semaine dans un garage. Mon frère m'a raconté comment c'était l'armée, quel genre de travail il faisait avec son régiment, la vie à la caserne, les voyages. Et je voyais l'argent qu'il avait sur lui quand il rentrait durant ses permissions. Toujours les poches pleines. Alors, je me suis dit, pourquoi pas ?

Catherine hoche la tête attentivement, un mince sourire aux lèvres, les coudes sur la table.

— Comme j'avais déjà de bonnes connaissances en mécanique, j'ai été chargé de l'entretien des véhicules dans le 34e bataillon. J'avais pas de problème avec la discipline de l'armée et je m'entendais bien avec tout le monde. Mes supérieurs étaient contents, j'ai gravi les échelons. J'ai suivi un entraînement spécialisé en gestion et transport des matières dangereuses. Je faisais mon petit bonhomme de chemin, mais je savais que je voulais pas finir dans l'armée. J'étais pas comme mon frère. J'avais hâte de revenir chez moi, de m'installer, d'avoir ma maison, ma famille. C'est à ce moment-là que j'ai eu l'idée de démarrer ma propre entreprise.

Dans sa chambre, Émilie joue à la poupée. Sa voix résonne à travers le corridor. Richard vide sa bière.

— Mon deuxième contrat arrivait à terme. Je me suis dit que c'était le temps ou jamais. J'ai annoncé à mes supérieurs ma décision de retourner à la vie civile et de me lancer en affaires. Mon idée, c'était d'utiliser dans le secteur privé les connaissances que j'avais acquises à l'armée. Je pensais au transport des substances dangereuses et à la location de camions-citernes. Un sous-lieutenant m'a mis en contact avec son beau-frère, qui faisait partie du conseil d'administration du parc portuaire, près de la centrale. Le projet l'intéressait. Il m'a aiguillé vers d'autres partenaires. C'est comme ça que ça a commencé.

— Et ton frère ?

— C'est un sauvage, il l'a toujours été. Au début, il s'est engagé dans l'armée de terre, mais il a vite demandé sa mutation dans la marine. La vie de caserne, c'était pas pour lui au final. Quelques années après sa nomination sur le *Terra Nova*, il est devenu matelot chef, puis maître de deuxième classe. Comme moi, il avait longtemps travaillé dans un garage avant de prendre du service et il s'est tout de suite mis à étudier la mécanique de propulsion maritime. C'est pas vraiment un soldat, mon frère, plutôt un technicien. Ce qu'il voulait vraiment, c'était voir du pays. Prendre la mer est probablement la meilleure chose qu'il ait faite. Jusqu'au début de la guerre du Golfe.

— Il a été déployé ?

— Oui, cet été. Il a eu de la chance jusqu'ici. J'espère que ça va durer.

— Je te le souhaite, dit Catherine en se levant, son assiette à la main. Tu as terminé ?

— Merci, c'était très bon.

Catherine indique l'horloge.

— Excuse-moi, il commence à être tard pour Émilie. Je reviens dans une seconde. Reste encore un peu, le temps que je la mette au lit. Mets-toi à l'aise.

Elle part vers le corridor. Richard entend les voix de la mère et de la fille.

— Non, encore un peu ! Je suis pas fatiguée.

— T'as déjà dépassé l'heure ! Allez, on y va...

Richard se lève de table et fait quelques pas dans le salon. Il s'arrête devant les photographies sur l'étagère. Mère et fille à différents âges de leur vie, parfois en duo, parfois entourées d'autres personnes. Il remarque la photographie de Catherine dans les bras d'un homme. Les traits de ce dernier rappellent ceux de la petite fille. Catherine est souriante sur la photo. L'homme lui enserre la taille de ses bras. Elle est visiblement très heureuse. Richard reste un moment à la regarder, puis il se déplace vers la fenêtre. Sur le clocher, la croix lumineuse s'est éteinte. Une voiture quitte le parking du dépanneur et disparaît dans la nuit. La neige s'est remise à tomber avec force. Le paysage entier est recouvert par l'épaisse couverture blanche. Richard se retourne. Escortée de sa mère, la fillette en pyjama revient dans la pièce.

— Elle voulait te dire bonne nuit.

La petite s'approche de Richard, les yeux mi-clos. Elle tend les bras vers lui. Maladroitement, il se penche pour lui faire un câlin.

— Bonne nuit.

Il lève la main pour dire au revoir. La fille et sa mère s'éclipsent vers la chambre. La disparition est de courte durée. Quelques minutes plus tard, Catherine revient seule à la cuisine.

— Elle va dormir bientôt, ça lui prend jamais beaucoup de temps. Elle a toujours été une bonne dormeuse.

— Elle est vraiment super, dit Richard.

Catherine se dirige vers l'armoire, dont elle tire une bouteille et deux verres.

— On passe au salon ?

Il acquiesce. Catherine dépose le cognac sur la table à café. Elle montre du doigt l'album de sa fille.

— Elle t'a montré la photo de David.

Richard fait oui de la tête.

— Elle lui ressemble.

Catherine débouche la bouteille et sert deux mesures de cognac.

— C'est vrai, elle lui ressemble beaucoup. C'est triste qu'elle ne l'ait pas vraiment connu, je crois qu'ils se seraient bien entendus, ces deux-là. Elle était encore bébé quand il est mort.

— Comment ça s'est passé ?

Catherine fait rouler l'alcool dans son verre.

— Il travaillait à la centrale nucléaire. Il y a eu un accident, des explosions, puis un incendie. Ça a brûlé pendant des jours. Six personnes sont mortes avec lui. Carbonisées sous les décombres. Ils ont fait des fouilles quand ça a été fini, mais comme le lieu de l'incendie avait été contaminé, ils ont dû attendre longtemps avant de s'y mettre. Des semaines. Quand ils ont enfin retrouvé les corps...

Catherine ne termine pas sa phrase. Richard intervient :

— Je me souviens de l'accident. J'étais encore dans la réserve à l'époque. On a envoyé des camions pour assister les équipes de nettoyage. Ç'a dû être terrible pour toi.

Catherine sourit faiblement.

— On s'était mariés l'année précédente. David avait trouvé un poste à la centrale et je suis tombée enceinte tout de suite après. On a acheté une maison aux Mares-Noires. Ça s'est fait très vite. Une nouvelle vie qui commençait...

Catherine soupire.

— J'aurais aimé que ça dure un peu plus longtemps.

Elle boit une gorgée de cognac.

— Le pire, c'est que je n'ai jamais pu lui dire au revoir. Pas d'avertissement, pas de préparation. Un jour, il était là, et le lendemain...

Richard pose son verre.

— Catherine, t'es pas obligée de me raconter tout ça, tu sais.

Elle secoue la tête.

— Au début, je me disais qu'ils avaient fait une erreur, qu'il était pas mort... J'étais très en colère, furieuse, même ! J'étais convaincue d'avoir été flouée. J'avais toujours l'impression de voir David dans la rue, au supermarché, au centre commercial, partout où j'allais. La centrale a organisé des séances de thérapie. La psy nous a expliqué que c'était une réaction normale.

Elle soupire profondément.

— La maison est vite devenue un problème pour moi. Même quand David était en vie, je m'y suis jamais sentie à mon aise. Trop isolée, trop sauvage. Après sa mort, j'ai plus voulu vivre là-bas, loin de tout. Chaque recoin me rappelait mon mari. J'ai vendu la maison et j'ai emménagé ici. C'est pas le luxe, mais quand même c'est mieux que là-bas.

De gros flocons continuent de tomber, reflets argentés sur fond de nuit noire.

— Avec les années, poursuit-elle, David s'est progressivement estompé. Dans un autre contexte, sa disparition était plus facile à accepter. Plusieurs membres du groupe de thérapie ont pris la même décision et ont déménagé. On se téléphone encore, de temps en temps, mais les appels s'espacent. On partage trop de mauvais souvenirs, j'imagine.

Richard lisse sa barbe, hoche la tête, approbation silencieuse.

— Tu vas penser que je suis folle, mais même aujourd'hui, des années plus tard, il m'arrive d'avoir l'impression de l'apercevoir au coin d'une rue. On dirait qu'il me suit, qu'il m'accompagne. Je me retourne et il est là qui m'observe. Je m'arrête, je regarde mieux et il a aussitôt disparu. Je pense que, tant que je serai en vie, il s'en ira jamais complètement.

— Et comment ça se passe, avec Émilie ?

Catherine prend quelques secondes pour réfléchir.

— Émilie... C'est une étrangère, je ne la comprends pas. Nous sommes tellement dissemblables, elle et moi. Plus elle grandit, plus je m'en aperçois. Elle a beau être ma fille, je ne sais pas comment m'y prendre avec elle. Il... Il nous manque quelque chose. Je crois que le plus dur pour elle a été de vivre avec une mère continuellement au bord du gouffre. Les premières années, alors qu'elle était encore toute petite, j'avais beaucoup de difficulté à m'occuper d'elle. Quand j'ai vendu la maison, on est allées vivre chez mes parents pendant une année entière. Je garde pas un très bon souvenir de cette époque.

Elle marque une pause, observe le cognac qui tourne dans son verre.

— Émilie a toujours été une enfant très secrète. Je sais pas si la présence d'un père lui a réellement manqué, elle en parle pas. Je lui ai souvent demandé si elle aimerait avoir un papa. Je suis pas certaine qu'elle me dise la vérité. Ou qu'elle comprenne ce que je lui demande.

— Qu'est-ce qu'elle répond ?

— Des fois oui, des fois non.

— Tu es courageuse, Catherine.

Cette dernière sourit. Richard pose une main sur son genou. Elle tressaille, mais ne fait rien pour enlever la main.

— Je monopolise la conversation, je suis désolée. Parle-moi de toi.

— Ça va, t'as pas à t'excuser.

Richard retire sa main.

— Quand j'ai quitté l'armée, j'ai commencé à fréquenter une femme. Elle travaillait au siège administratif du parc industriel. On s'entendait bien, j'étais certain que ça allait durer. Elle est venue vivre chez moi. J'avais pas beaucoup d'expérience avec les femmes. Je pensais que ça y était, que c'était la femme de ma vie. Puis la relation s'est détériorée. Demande-moi pas comment, c'est arrivé. Il y a pas eu de crise, pas de catastrophe. Elle s'est rendu compte avant moi que ça fonctionnait pas. Elle est partie un matin et ç'a été fini.

Il hausse les épaules.

— Et maintenant, j'approche la quarantaine, je vis seul dans un appartement trop grand pour moi et je passe la plupart du temps à m'ennuyer. Parfois, je rencontre une femme, mais ça dure jamais. Peut-être que je suis destiné à finir vieux garçon après tout.

Richard avale une gorgée de cognac, un sourire résigné sur les lèvres.

— L'ironie, c'est que j'ai toujours voulu avoir une famille à moi. Une femme, des enfants, une maison. Ça m'a jamais fait peur de m'engager. La routine non plus, ça me fait pas peur. Je me suis toujours imaginé en père de famille.

Il vide son verre.

— Je sais que ça se compare pas à ce que tu as vécu...

Catherine plie le tissu de son pantalon entre son pouce et son index. Elle jette un regard vers la fenêtre. Les flocons sont toujours illuminés par la vitrine du dépanneur.

— Le pire, c'est le matin, commence-t-elle. Des fois, j'ai l'impression que je vais jamais passer à travers. Il faut que je me retienne pour pas me mettre à hurler comme une démente. Émilie est pas encore levée. Je m'assois dans la cuisine et je pense à la journée qui m'attend. La maternelle pour la petite, puis le trajet sur l'autoroute jusqu'au casse-croûte, travailler mes dix heures avant d'aller la rechercher, puis la soirée avec elle... J'arrive pas à trouver un sens à ce que je fais. Je me fais honte d'en être arrivée là.

Elle lève son verre.

— Je me sens seule, Richard. Je me sens laide, triste et seule. J'ai une petite fille avec qui j'ai pas envie de jouer le soir parce que je suis trop abrutie de travail. J'ai une ombre de mari, un souvenir dangereux qui se rappelle constamment à moi. J'avais des rêves, avant. Maintenant, ce que je souhaite, c'est de pouvoir me réveiller le matin, me faire un café et aller travailler comme tout le monde. Sans drame et sans douleur.

D'un mouvement très doux, la femme pose sa main sur celle de l'homme à ses côtés.

— Avant qu'on aille plus loin, Richard, il faut que je te dise quelque chose.

Ce dernier garde le silence.

— J'étais très amoureuse de mon mari. Sa disparition a laissé un terrible vide dans ma vie.

Le regard de Catherine se fait plus direct.

— Je ne suis pas très douée pour ça, alors je vais jouer cartes sur table. Je sais pas quelles sont tes intentions, mais moi, tu m'intéresses. Il y a longtemps que j'ai pas été avec un homme et j'ai perdu l'habitude... Je suis pas toujours facile à vivre, et j'aurai besoin de temps avant de vraiment me laisser aller. Peut-être que ma franchise te choque, mais je veux te prévenir, c'est une relation sérieuse que je veux. Si c'est pas ce que tu recherches, alors mieux vaut en rester là.

Elle pince les lèvres. Richard sourit calmement et marque une longue pause.

— T'es une femme intéressante, Catherine. Je l'ai toujours pensé et maintenant j'en ai la confirmation.

Le visage de Catherine s'illumine. Richard serre sa main dans la sienne.

— Écoute, je suis venu en toute connaissance de cause. Le village est petit, les gens parlent. En mettant les pieds ici ce soir, je savais exactement à quoi m'attendre.

Il la regarde droit dans les yeux.

— Je veux pas en rester là.

La femme baisse légèrement la tête.

— Bon, on fait quoi maintenant ?

Richard s'approche d'elle, la prend par la taille et l'attire vers lui. Ses bras sont musclés et sa poigne est ferme. Il pose sa bouche sur celle de Catherine. Elle se raidit instinctivement. Il s'en aperçoit.

— Catherine...

Cette dernière se rattrape.

— Non, attends... dit-elle dans un souffle. Ça fait longtemps que...

Richard s'incline vers elle.

— On y va tranquillement.

Il passe la main sur sa nuque. Ils s'embrassent à nouveau. Leurs corps se rapprochent. Richard montre le corridor.

— Tu dors pas dans la même chambre que ta fille, j'espère ?

Catherine fait non de la tête. Elle se lève.

— Donne-moi seulement quelques minutes pour me préparer...

Elle gagne sa chambre et referme la porte derrière elle. Un sanglot incontrôlable lui fait aussitôt perdre toute contenance. Elle se met à trembler et à se tordre, les mains ouvertes devant elle comme des serres, les jambes fléchies et le corps frémissant. Un cri meurt sur ses lèvres. Elle tombe assise sur le lit. Elle s'assène une violente gifle, aussitôt suivie d'une deuxième.

— Il est mort, mort, mort, mort, mort...

Elle pose sa main sur sa bouche, pinçant ses lèvres pour se faire taire. Le tremblement continue. Catherine enfonce ses doigts dans ses yeux clos. Sa respiration retrouve son rythme normal. D'un mouvement brusque, elle ouvre le tiroir de la table de chevet, dont elle tire un petit contenant de plastique. Elle retire le bouchon et fait tomber dans sa main deux comprimés bleu pâle, qu'elle avale aussitôt. On frappe à la porte.

Le visage de Richard apparaît dans l'embrasure. Catherine cache le contenant dans le tiroir et le referme.

— Entre...

- 3 -

Le ballon flotte un interminable moment au-dessus des flots chlorés de la piscine. La surface circulaire du bassin reflète le ciel azur, immaculé et profond. Trente degrés à l'ombre, aucun nuage. Les vaguelettes que produisent les deux nageurs débordent sur le quai en bois, léchant les pattes arrière d'un transat. Le dernier polar à la mode repose sur la table. La graisse des hamburgers achève de crépiter sur le gril du barbecue. Une goutte d'eau laisse une marque grosse comme le pouce sur le patio. Le ballon amerrit avec un bruit de succion.

— T'es prête ?

L'homme récupère le projectile.

— Vas-y ! répond la fille.

L'homme donne un coup de poing qui propulse le ballon en l'air. La fille plonge. Un bras levé, elle vient se placer sous le ballon, qu'elle reçoit en plein visage. L'homme éclate de rire.

— Deux à deux. Égalité !

La fille rejoint le bord, un sourire aux lèvres, le ballon trop gros coincé sous son bras.

— Tu perds rien pour attendre. Regarde ça !

La fille lance le ballon. Soulevée par une brise venue de nulle part, la sphère multicolore dévie de sa course initiale et finit entre les pattes de la table de patio, qu'elle fait presque tomber. La fille s'esclaffe.

— Et un pour moi !

— Ça compte pas, c'est en dehors !

— Mauvais perdant ! Trois à deux.

L'homme sort de la piscine en se hissant sur ses mains et va récupérer le ballon sous le parasol. Son maillot de bain lui colle aux cuisses. Sa barbe est longue et son vaste dos est couvert de poils. Il porte à l'épaule un tatouage décoloré, emblème militaire d'épées croisées et de feuilles d'érable. L'homme renvoie le ballon dans l'eau et fait un signe avec la main.

— On fait une pause, OK ?

— Non, on joue encore !

— Une minute, veux-tu.

L'homme se penche vers la glacière, dont il tire une bouteille de bière. Il s'assoit sur la chaise et boit une longue gorgée. La fille nage jusqu'à l'échelle, mais reste dans l'eau.

— Tu veux pas me raconter une histoire en attendant ?

— Une histoire ? Laquelle ?

— Je sais pas, moi, ce que tu veux.

L'homme boit une autre gorgée de sa bière et la dépose sur la table. La bouteille est couverte d'infimes gouttelettes d'eau.

— Je t'ai déjà raconté ma chasse à l'orignal ?

La fille fait non de la tête.

— C'était il y a quelques années, juste avant que mon frère parte pour le Golfe. On avait décidé de prendre une semaine, rien que nous deux, pour aller chasser l'orignal. Je me rappelle le froid qu'il faisait dans le Nord. On était en octobre, mais déjà la température descendait sous zéro. Le matin surtout. On a réservé un gîte dans le bois et on a engagé un guide pour nous mettre sur la piste. J'avais jamais vraiment chassé du gros gibier comme ça avant, c'était plutôt mon frère qui était l'expert.

L'homme soulève sa bouteille, qui laisse une trace circulaire sur la surface de la table. Il boit et expire profondément.

— Le guide était un gars de la région. La Pourvoirie du Fer à Cheval, ça s'appelait. À quatre cents kilomètres d'ici, en ligne droite vers le nord, à travers des forêts d'épinettes et sur des routes de terre. On a loué un quatre par quatre pour se déplacer, sans ça, impossible d'aller nulle part. Le premier jour, le guide nous a conduits à notre gîte et on est partis dès le lendemain. On s'est réveillés à cinq heures et on était dans le bois une demi-heure après. Le soleil était pas encore levé. Inutile de s'enfermer dans une cache pour l'attendre, a dit notre guide. Il avait l'air de connaître son affaire, alors on l'a suivi. Il faisait pas chaud, mais ça faisait du bien de marcher. La forêt était magnifique, pas un bruit humain. Partout il y avait des signes de présence animale : des traces de sabots, des branches cassées, de la terre retournée. Mais de notre orignal, rien. Le guide s'est mis à surnommer notre mâle le « fantôme ». Difficile à apercevoir en plein milieu de la forêt. Puis on a trouvé le trou.

Nouvelle gorgée de bière.

— Quel trou ?

— Notre orignal avait creusé la terre avec son sabot et avait pissé dans le trou.

— Dégueulasse !

— Ils font ça pour attirer les femelles. On était vers la fin de la période de rut. Les mâles trempaient leur panache dans leur urine pour attirer les femelles. On appelle ça la souille. L'odeur se détecte à des centaines de mètres à la ronde. À ce que racontait le guide, ça rend le mâle irrésistible pour les femelles qui croisent son chemin. Il a même voulu qu'on enduise nos vêtements de la boue qui se trouvait au fond du trou pour le provoquer.

— Ouache, vous l'avez pas fait, j'espère !

Le visage de l'homme s'éclaire d'un vaste sourire.

— Mon frère aurait bien voulu, mais j'ai dit non. Ç'aurait probablement pas changé grand-chose. Au moment où on a trouvé le trou, il commençait déjà à faire noir. On est rentrés bredouilles. Le lendemain matin, on s'est remis en route. On a marché longtemps, presque le double du jour précédent. On a bien vu deux femelles, mais pas notre fantôme. Le guide disait que ça pouvait prendre des jours avant d'apercevoir la proie. La chasse, c'est un jeu de patience et de chance, tous les chasseurs vont te le dire. Quand on était fatigués, on dormait sur le tapis de mousse sauvage. On se pressait pas. Je me disais que la bête finirait bien par se montrer.

— Et finalement, l'avez-vous vu, l'orignal ?

L'homme sourit à nouveau.

— Oui, on l'a vu. C'était au dernier jour de notre voyage. On venait de rentrer de notre traque du matin et on se préparait à s'en aller. Mon frère faisait les bagages. Le guide nous avait déjà quittés. J'étais dehors quand je l'ai vu à travers les arbres. Il marchait dans ma direction. Il avançait lentement, comme s'il regardait où il posait ses pattes. Il est sorti du bois et s'est arrêté en plein milieu de la route. C'était un mâle énorme. Il devait faire pas loin de deux mètres à l'épaule. Avec un panache d'un mètre et demi de large. Dans les sept cents kilos. J'ai pris ma carabine, celle qui est dans le salon, et je l'ai mis en joue. Il a pas bougé. Ça faisait des jours qu'on le cherchait et c'est lui qui nous avait trouvés ! J'ai pris mon temps, je l'ai bien observé. J'avais le doigt sur la détente. Et puis...

L'homme prend une lente gorgée de bière.

— Quoi ? Quoi ? s'énerve la fille.

L'homme redépose sa bière tranquillement.

— Je me suis dit qu'il faudrait vraiment que je sois le dernier des crétins pour tuer une aussi belle bête.

La fille sourit.

— Tu l'as laissé partir ?

— C'est ça.

— Tu l'as pas tué ?

— Non, je l'ai pas tué.

La fille s'éloigne doucement du bord à la nage.

— C'est bien, c'est une bonne histoire.

L'homme sourit à son tour en la regardant s'éloigner. Une fenêtre s'ouvre au-dessus de leurs têtes. Un buste de femme en sort.

— Émilie, qu'est-ce que tu fais toujours dans la piscine ? Va t'habiller. C'est ton concert aujourd'hui ! T'as pas oublié, j'espère !

L'homme lève les yeux, une main en auvent pour se protéger du soleil.

— On a pas vu le temps passer !

— Encore un peu, maman ! plaide la jeune fille dans la piscine. Deux autres points et j'ai gagné.

— Ça, c'est ce que tu penses ! répond l'homme en sautant à l'eau avec le ballon.

— Richard, reprend la femme. Il faut qu'on soit là à deux heures pour la répétition. Est-ce que tu peux t'arranger pour la faire sortir ?

Richard et Émilie échangent un regard.

— Pas de problème.

La tête de la femme disparaît du cadre, laissant un trou béant à la fenêtre. Richard pousse doucement le ballon, qui roule sur la surface de l'eau.

— OK, Émilie, ta mère a raison. Il faut y aller. On finira notre partie quand on reviendra ce soir.

L'adolescente nage jusqu'au bord. Dégoulinante d'eau, elle remonte l'échelle, qui brille au soleil, et se retourne à mi-chemin.

— C'est toujours trois à deux pour moi !

Richard sourit.

— OK, je te donne le point... Même si le dernier coup est litigieux.

Émilie sort de la piscine en maugréant joyeusement et saisit une serviette posée sur le dossier d'une chaise. Elle tremble légèrement en se séchant. Ses lèvres bleuies témoignent de la durée de sa baignade.

— Je sais pas pourquoi ils ont organisé le concert un samedi, bégaie-t-elle en se tortillant dans sa serviette. On devrait pouvoir se reposer, nous aussi !

Richard sort de la piscine à son tour, son maillot toujours entortillé autour des cuisses. Il se sèche les cheveux et le visage.

— Qu'est-ce que tu veux que je te dise ? C'est comme ça.

— Quand même, j'aimerais mieux rester ici.

Émilie finit de se sécher et rentre dans la maison. Les tuiles du plancher de la cuisine répètent un motif monochrome. Elle s'arrête devant le frigo en acier inoxydable, dans lequel elle prend un soda en canette. Deux chaises aux pattes métalliques sont installées devant un comptoir dont la surface lisse, glaciale et grise renvoie le reflet d'un ciel couleur de cendre. Émilie traverse la cuisine et passe au salon. Elle saisit la télécommande et allume la télévision. Un gigantesque écran fixé au mur se met à palpiter, illuminant les meubles qui l'entourent. La jeune fille change les stations au hasard, portant la canette à ses lèvres. Au-dessus de l'écran se trouve la carabine de Richard dans un caisson vitré. Une voix l'appelle d'en haut.

— Émilie, éteins la télé et viens t'habiller !

Celle-ci garde les yeux fixés sur l'écran. Au-delà des fenêtres, le quartier est plongé dans la torpeur. Rien ne bouge, sinon l'occasionnelle voiture qui passe. Des années plus tôt, le village avait subi son ultime et décisive transformation. Les travailleurs attirés par la construction du parc industriel avaient bâti de nouveaux logements sur la route qui menait au port. On avait tracé des lignes sur la terre noire, rasé les forêts et aplani les sous-bois. Des immeubles à logements et des bungalows aux façades identiques avaient été construits. Le vieux village et ses rues tortueuses avaient périclité, sombrant dans les profondeurs de l'indifférence et de l'oubli. La population avait vieilli. L'église n'ouvrait plus ses portes qu'à Noël.

— Émilie !

La jeune fille coupe le son, mais garde l'image. Elle monte l'escalier et s'arrête devant la chambre de sa mère. Celle-ci se tient debout devant un miroir plain-pied. Elle porte une robe de soirée noire. D'une main ferme et précise, elle réarrange sa coiffure à coups de peigne. Elle se regarde de loin, puis de plus près. La présence de sa fille dans le cadre de la porte lui fait tourner la tête.

— Émilie, pourquoi tu mettrais pas ta robe rouge ? Celle avec des fleurs jaunes ?

La jeune fille éloigne la canette de ses lèvres.

— La robe rouge ? Pour aller au concert de l'école ?

La femme aperçoit le reflet de sa fille dans le miroir. Maillot mouillé et serviette de plage.

— Tu vas quand même pas y aller comme ça ?

Émilie fait la grimace.

— Ben non ! J'allais me changer.

Elle hésite.

— Mais quand même... La robe rouge ?

— Tu es tellement belle dedans...

Émilie ne répond pas. Elle observe attentivement la robe de soirée de sa mère.

— C'est ça que tu vas mettre ?

La femme se tourne vers sa fille.

— Oui, pourquoi ?

— C'est pas un peu trop ?

En bas, le glissement de la porte indique que Richard vient d'entrer. La femme se replace devant le miroir.

— Va te changer, Émilie. On va être en retard si ça continue. Et mets ta robe rouge avec des fleurs jaunes, s'il te plaît.

La jeune fille hausse les épaules et disparaît dans sa chambre. De la musique se fait aussitôt entendre, assourdie par les portes closes.

S'assurant au passage que sa fille ne se trouve plus dans le couloir, la femme se dirige vers la commode. Elle prend le verre qui s'y trouve et le vide d'un coup sec. Elle le range ensuite au fond d'un tiroir et reprend sa place devant le miroir.

Richard monte les marches de l'escalier et entre dans la chambre à coucher. Il se sèche les cheveux d'une main, la serviette à moitié sur la tête. La femme entreprend de fixer ses boucles d'oreilles. Il s'approche d'elle par-derrière.

— C'est la robe que tu vas porter pour le concert ?

— Hum.

Il enserre sa taille et l'embrasse sur la nuque. La femme s'écarte doucement. Richard insiste. Il colle son corps contre le sien et prend ses seins dans ses mains.

— Richard, tu vas mouiller ma robe... Regarde, tu dégouttes sur le tapis.

— Ça t'a jamais dérangée avant.

Elle soupire, agacée.

— Tu devrais t'habiller, toi aussi.

— On a du temps...

Richard tente de détacher son soutien-gorge, mais elle s'écarte avec vigueur.

— C'est pas le moment !

— Émilie met toujours des heures à s'habiller...

— J'ai dit non.

Elle dépose le coffre à boucles d'oreilles sur la commode. Richard suit son geste du regard. Il s'approche pour l'embrasser.

— Pas besoin de te fâcher, Catherine. Je pensais juste...

Richard s'interrompt. Il renifle et s'immobilise.

— Un peu tôt pour l'apéro, tu trouves pas ?

Catherine s'écarte de ses bras pour de bon.

— On est en vacances, non ? Et tu bois bien de la bière, toi !

Elle reprend sa place devant le miroir et réajuste sa robe.

— Et puis c'est juste pour me relaxer un peu. Tu penses pas que je devrais me faire couper les cheveux ?

Richard fait un pas vers le lit.

— Je sais pas.

Catherine traverse la pièce et ouvre la garde-robe. Elle choisit deux paires de chaussures et revient vers le miroir. Richard lance sa serviette, qui atterrit sur le lit. Il s'assoit sur le coin du matelas. Catherine l'ignore et essaie la première paire.

— Qu'est-ce que t'en penses ?

Richard jette un coup d'œil et approuve. Catherine se retourne, hésitante. Elle essaie la seconde paire.

— Plutôt celles-là, non ?

Richard hausse les épaules.

— Elles sont pas pareilles ?

Catherine ne répond pas. Elle change plusieurs fois de chaussures tandis que Richard s'allonge sur le lit, prenant appui sur ses coudes.

— On prend l'auto ?

Catherine le regarde d'un drôle d'air.

— Ben oui, on va pas y aller à pied.

— C'est pas si loin que ça.

— Si c'est à cause du verre de cognac, je t'assure que je suis encore capable de conduire.

— Je dis pas ça pour ça.

Richard fait un geste las. Il se lève, se dirige vers la garde-robe et retire son maillot. Ses fesses sont blanches. Il jette un regard vers Catherine. D'un mouvement sévère du plat de la main, celle-ci efface un pli sur le devant de sa robe. Richard enfile ses jeans.

— Tout va bien, Catherine ?

Celle-ci paraît surprise. Elle répond sans le regarder.

— Oui, pourquoi ?

— Je sais pas, une impression.

— Tu t'inquiètes trop.

— Mouais, c'est ça.

Elle sort de la chambre, s'arrête devant la porte de sa fille et frappe quelques coups.

— Émilie, dépêche-toi, on va bientôt y aller.

— J'arrive ! lui crie la jeune fille par-dessus la musique. Une seconde !

Catherine retourne à sa chambre. En voyant Richard en jeans et en T-shirt, elle s'immobilise dans le cadre de porte.

— Tu vas pas mettre ça ?

— Il faut que je passe au bureau deux minutes. Je vous rejoindrai là-bas. Je vais revenir me changer avant d'y aller.

— Pourquoi tu te changes pas tout de suite ?

Richard laisse échapper un petit rire.

— Tu me vois réparer un filtre à huile en costume ?

Il s'apprête à ajouter quelque chose lorsque la porte de la fille s'ouvre toute grande, déversant un flot de musique dans le couloir. Émilie entre dans la chambre en sautillant. Elle porte des jeans troués aux genoux et un T-shirt noir montrant une tête de mort. Catherine pose ses mains sur les hanches.

— J'avais dit la robe rouge, Émilie.

— C'est plus confortable comme ça, réplique sa fille.

— Va te changer, s'il te plaît. On va être en retard.

Émilie bougonne.

— Qu'est-ce que ça peut faire comment je m'habille ? Toutes mes amies vont être comme ça.

— Arrête de discuter et va te changer.

— Mais maman...

— S'il te plaît, Émilie. Regarde, moi je suis prête, non ?

Catherine jette un regard méprisant sur les vêtements de sa fille.

— En plus, ces jeans et ce T-shirt, ce n'est pas...

Elle fait un geste de dédain.

— Quelqu'un de très important sera peut-être au concert de l'école, Émilie. Il faut faire bonne impression ! C'est essentiel !

Émilie ne semble pas comprendre. Catherine continue.

— Tu t'en aperçois peut-être pas, mais les gens nous jugent selon les vêtements qu'on porte. Tout le monde dit le contraire, mais c'est la vérité. Si tu veux avoir l'air d'une...

Elle hésite, puis se ravise.

— Si tu veux avoir l'air d'une écervelée avec tes amies, libre à toi. Mais je t'interdis de m'accompagner dans cette tenue. Un point, c'est tout.

Catherine montre la porte. Émilie croise les bras.

— Non, dit-elle d'un ton provocateur.

— Pardon ?

Richard s'interpose.

— Bon, calmez-vous un peu. C'est pas pour des jeans et un T-shirt que...

Catherine fait un pas vers sa fille.

— Qu'est-ce que t'as dit ?

Émilie ne cille pas.

— J'ai dit non. Je vais pas me changer. J'y vais comme ça, au concert. Ou encore mieux, j'y vais pas du tout.

Elle se précipite hors de la chambre, sa mère sur ses talons. Richard soupire.

— Reviens ici tout de suite !

La jeune fille s'immobilise devant sa chambre. La musique y joue toujours très fort. Catherine ne s'arrête qu'à quelques centimètres de son visage.

— Écoute-moi bien. Tu vas retirer ces vêtements ridicules et enfiler la robe tout de suite. Et je ne veux pas entendre un mot de protestation de ta part. Ensuite, tu vas descendre et on va partir toutes les deux pour le concert.

Émilie plisse les lèvres durement.

— Tu peux pas me donner d'ordres, je fais ce que je veux !

Catherine la prend par le bras, l'attire à elle.

— Je veux plus t'entendre. Ici, ce n'est pas une petite fille de douze ans qui va faire la loi. Mets-toi bien ça dans la tête !

La fille soutient le regard de sa mère. Elle n'essaie même pas de se libérer.

— Tu peux pas me forcer à me changer.

— C'est ce que tu penses.

Richard apparaît dans le cadre de porte.

— Voyons, vous allez quand même pas vous taper dessus pour ça. Est-ce qu'on peut pas négocier ici ? Émilie, je suis certain que ta mère serait satisfaite si tu acceptais au moins de changer tes jeans troués. Ta garde-robe est pleine, va donc choisir quelque chose d'autre... Tu gardes le T-shirt, mais avec un pantalon ou une jupe plus propre.

Mère et fille se font toujours face. Aucune des deux ne semble avoir entendu le compromis proposé par Richard. Catherine jette un coup d'œil à sa montre.

— Tu as deux minutes pour faire ce que je t'ai demandé, Émilie. Après ça...

Elle hésite malgré elle. La jeune fille en profite.

— Quoi ? Qu'est-ce que tu vas faire ?

— Je vais commencer par t'interdire de piscine pour le reste de la semaine. Ensuite on verra.

Émilie se raidit.

— Tu peux pas faire ça !

— Je peux faire encore mieux, ma fille. Fais-moi confiance. Je t'ai demandé de mettre ta robe rouge. J'ai été polie avec toi. Si tu comprends pas la manière douce, tu vas goûter à la manière forte.

Émilie jette un regard haineux à sa mère.

— Je m'en fous de la piscine, d'abord.

Catherine hausse les sourcils.

— Et la fête de ton amie Mélissa, on peut aussi faire une croix dessus, si je comprends bien ? Et l'argent de poche que je te verse chaque semaine ? Supprimé lui aussi. Et les cours de dessin que tu voulais prendre cet été ? Envolés. Tu veux que je continue ?

Émilie la regarde, bouche bée. Un sourire cruel, jouissif, se dessine sur le visage de sa mère.

— Je te l'ai dit. Ici, c'est moi qui fais la loi.

Le visage d'Émilie perd soudain toute dureté. Des larmes de rage lui montent aux yeux.

— Va chier !

La porte claque violemment derrière elle. Des bruits de sanglots étouffés se font entendre, immédiatement avalés par le volume de la stéréo poussé à fond. Catherine saisit la poignée de porte, prête à entrer. Richard la retient.

— Laisse-la un peu.

— Lâche-moi.

Il desserre doucement sa prise.

— Catherine, t'en fais pas un peu trop, là ? C'est juste une robe...

— C'est là que tu te trompes, Richard.

Catherine se couvre le visage des deux mains, immobile face à la porte close. Richard pose une main sur son épaule. Elle se raidit. Il tente de la prendre dans ses bras, mais elle fait un pas de côté.

— Excuse-moi, mais c'est un peu trop pour aujourd'hui.

Elle réintègre la chambre, ouvre et referme le tiroir de la commode sans raison. Elle soupire en sentant la présence de Richard, qui l'a rejointe et se tient derrière elle.

— J'ai vraiment besoin d'un verre maintenant. Dis rien, s'il te plaît.

Elle ajoute avant de sortir :

— Écoute, j'ai demandé à ma fille de changer de vêtements. C'est pas la fin du monde.

Sans lui laisser le temps de répondre, elle se détourne et descend l'escalier. En bas, la télévision toujours allumée renvoie des images de forêt, d'armes, de poussière et de camionnette. Catherine passe à la cuisine sans y jeter un coup d'œil. Elle ouvre le petit bar et en sort une bouteille. Elle se sert un verre et boit une gorgée. Le liquide lui réchauffe la poitrine. Elle soupire profondément. À l'écran, le chasseur remplit le magasin de son fusil et fait feu. Catherine s'approche de la porte vitrée, verre à la main.

L'eau de la piscine reflète les rayons du soleil. Des taches blanches irrégulières courent à sa surface selon un motif répétitif et fluide, changeant selon le vent. Au fond de la piscine, comme aperçu à travers une vitre fracassée, le recouvrement de plastique décoré de poissons en pointillé menace de sombrer et d'emporter avec lui la voûte du ciel qu'il reflète imparfaitement. La femme avale une autre gorgée. Le paysage de la banlieue s'incline doucement. Les lignes d'horizon et de champ se rejoignent au-dessus de ce qui a cessé d'être une piscine comme les autres. Une dimension nouvelle s'imagine au cœur du réel, dont l'accès n'est défendu que par une fine pellicule d'eau et de lumière. La femme touche la surface de la vitre pour ne pas perdre pied. Un gouffre chloré, béant et obscur s'ouvre devant elle, tourbillonnant et hachuré d'éclairs aquatiques, de chatoiements bleuis par l'azur du ciel et de marbrures liquides. Le maelström entraîne tout ce qui flotte dans son irrésistible remous. La femme vacille et tend le bras, cherchant à tâtons l'appui du réel, le retour de l'équilibre et le souffle de l'air. Les courants la précipitent sur les rochers aveugles défilant à toute vitesse sous ses pieds. La lumière se dégrade, les rayons du soleil se corrompent. L'obscurité des remous recouvre la terre d'une monstrueuse vague de débris, d'ordures et d'ossements. Un abysse déchire le tissu de la réalité par lequel s'infiltrent les créatures nées de la détresse, du péché, de la traîtrise et de la lâcheté. Le plancher sous-marin se fissure comme l'épiderme d'un reptile, les plaques tectoniques de sa peau de lézard se fracassant les unes sur les autres à travers de longues coulées de lave. La femme replonge, la tête prise dans un étau, le corps secoué par les courants contraires, irrémédiablement aimantée par le noyau du monde. L'eau siffle à ses oreilles comme expulsée d'un geyser. À l'étage, quelqu'un se déplace. Une porte de garde-robe grince, des cintres s'entrechoquent. La femme tend à nouveau sa main, qui n'agrippe que l'air. Dans l'espace lointain de la chambre, la chaîne stéréo pompe l'oxygène à plein volume. La femme aperçoit le mirage du téléviseur que reflète la porte-fenêtre. Un homme qui s'exerce au tir à la carabine. Elle détourne la tête. Un hurlement éclate dans la noirceur de l'abîme où elle s'engouffre. Sa folie la tient sous sa nageoire, près de son cœur palpitant et moite. Le cri de la femme se répercute en un douloureux écho qui lui rappelle la disparition des êtres chers qui quittent votre vie comme des fantômes.

Catherine vide son verre dans l'évier et le dépose sur le comptoir. Elle retraverse le salon et va chercher son sac à main dans l'entrée. Elle se retourne juste à temps pour apercevoir Richard qui descend.

— On peut se parler deux minutes ?

Catherine retraverse le salon sans répondre, éblouie, confuse et indécise.

— Catherine ?

Elle se retourne, ses yeux comme des miroirs.

— Quoi, qu'est-ce qu'il y a ?

Dans la cour, la voisine décapite les branches irrégulières de la haie de cèdres. À l'écran, le chasseur range son attirail dans la cabine de sa camionnette et invite le téléspectateur à le suivre. Richard enfonce les mains dans ses poches, l'air renfrogné.

— Qu'est-ce qui t'arrive ? Il y a un problème aujourd'hui ou quoi ?

— Pourquoi tu me demandes ça ?

— Qu'est-ce que t'en penses ?

— Je sais pas, moi. Si t'as quelque chose à me reprocher, dis-le.

Le chapeau de la voisine apparaît sporadiquement au-dessus de la haie. Richard sort une main de sa poche, pointe l'index vers le plafond.

— C'est quoi, toute cette histoire-là avec Émilie ? Qu'est-ce que ça peut bien faire comment elle s'habille pour son concert ? Elle met bien ce qu'elle veut quand elle va à l'école.

— Toute seule, oui, mais pas quand elle est avec moi.

— C'est quoi la différence ? Je comprends pas, là. Vous allez pas à l'opéra, quand même !

Catherine jette à Richard un regard cynique.

— Ça ou autre chose, je m'attends pas à ce que tu comprennes !

À l'écran, la camionnette traverse une forêt sur une route de terre. Elle soulève derrière elle un vaste nuage de poussière qui semble la poursuivre. Le chasseur est au volant. Il se retourne fréquemment vers la caméra. Ses lèvres bougent, mais aucun son ne sort de sa bouche. Il désigne un point en avant sur la route. La camionnette s'arrête devant un chalet en bois rond. Catherine s'approche de l'escalier.

— Dépêche-toi, Émilie ! Il faut qu'on s'en aille.

À l'étage, la stéréo hurle sans discontinuer.

— Elle boude. T'as poussé trop fort.

Catherine hausse les épaules. Elle va rincer son verre dans l'évier et le remplit d'eau. Elle boit une gorgée en regardant la surface de la piscine. Puis tout bascule à nouveau.

Un barrage cède et libère le bassin, qui s'engouffre dans une vallée peuplée d'innocents endormis. Les bulles remontent à la surface comme un long chapelet de misères. De maigres insectes aux pattes démesurées glissent à la surface du ruisseau comme sur une patinoire. Une goutte n'en finit plus de grossir au bout d'un robinet sans jamais se rompre. Une créature sans nom se dissimule dans les recoins sombres du corail, sa gueule ouverte, attendant que les proies y pénètrent. Les vapeurs montent d'une faille inondée et brûlante dans quelque coin reculé de la planète, symbole d'une force primale et terrible dont la croûte terrestre garde jalousement le secret.

— Catherine ?

Celle-ci se retourne, éblouie par le soleil. Richard se tient devant elle. Il fronce les sourcils.

— T'as pas un peu trop bu ?

Catherine inspire. Elle ferme les paupières un instant, bouge la tête et fait craquer ses vertèbres sans le vouloir. Elle reprend son souffle. Le verre a laissé une marque sur le comptoir.

— Tu sais, Richard...

La phrase reste en suspens. Richard ne dit ni ne fait rien pour l'aider. Catherine pose ses deux mains à plat sur le comptoir.

— Tu sais, c'est pas dans son intérêt de protéger Émilie comme tu le fais. Tu prends toujours parti pour elle. Tu l'aides pas en la traitant comme une petite princesse. T'es trop mou.

Elle lève la main vers lui.

— Il faut qu'elle accepte qu'on fait pas toujours ce qu'on veut dans la vie. Il lui faut de la discipline.

— J'ai rien contre la discipline, tu me connais. Mais s'énerver comme ça pour des jeans troués...

Catherine esquisse un sourire condescendant.

— Mon pauvre Richard ! Tu penses toujours que c'est une affaire de vêtements ! On parle d'autorité, ici, de la mienne sur ma fille. C'est pas autre chose. Quoi qu'on fasse, c'est trop tard, maintenant. Je lui ai dit de se changer et je veux qu'elle m'obéisse.

Richard roule des yeux.

— Toutes ses amies vont avoir le même linge sur le dos. Tu les connais, tu les as vues. Qu'est-ce que ça change ?

— Ça change tout, Richard ! Et si c'était ta fille, tu comprendrais.

Richard se fige.

— Si c'était ma fille ? Comment peux-tu me dire une merde pareille, Catherine ?!

Cette dernière regarde dehors. La haie de cèdres, les cisailles. À la télé, le tireur exhibe une tête de cerf montée sur un panneau de bois au-dessus d'une porte. Le ballon roule sur lui-même. La surface de l'eau frissonne. Catherine se retourne tranquillement vers Richard.

— De toute façon, qu'est-ce que ça peut bien faire, maintenant, ces histoires de père...

Richard s'approche.

— T'as un problème avec moi, Catherine ? Si c'est ça, tu ferais mieux de le dire sans tourner autour du pot.

Mais elle regarde ailleurs, l'air distrait.

— Qu'est-ce qu'il y a, Catherine ?

— Je sais pas, je... J'ai une mauvaise journée, c'est tout. Ça arrive.

— Ça arrive souvent, je trouve.

— Je...

Catherine s'interrompt. Elle fait rouler le bord de son verre sur le comptoir.

— Rien, oublie ça.

Poussé par le vent, le ballon glisse sur l'eau, roule sur le patio de bois et tombe sur le gazon. Richard soupire.

— C'est ça. Rien.

Richard sort sur le patio et referme la porte derrière lui. À l'étage, la radio crache sa musique à plein volume. Le chapeau de la voisine disparaît de l'autre côté de la haie. Catherine se retourne vers le salon. À la télévision, une trappe s'ouvre, révélant l'existence d'un cellier sous des planches de bois, un homme y descend qui porte de lourdes bottes noires. La poussière flotte devant l'objectif. Catherine s'arrête devant l'écran. Le sol de la cave est en terre battue, le plafond est bas. L'homme s'y déplace plié en deux. Il est vêtu d'un treillis militaire. Le projecteur éclaire devant lui jusqu'à une pile de caisses marquées « Explosif ». L'homme se retourne en souriant. Richard repasse la porte, une bière à la main.

— Je me suis dit, tant qu'à faire...

Catherine regarde ses mains, le visage tendu. Elle semble sur le point d'avouer quelque chose. Elle ouvre la bouche pour parler quand le vacarme de la stéréo cesse brusquement. Bruit de pas à l'étage. La porte grince. Émilie descend les marches une à une sans se presser, comme la victime montant à l'échafaud. Elle porte la robe rouge à fleurs jaunes.

Catherine revient sur ses pas et ouvre la porte d'entrée. Elle demeure debout dans l'embrasure.

— On parlera quand je reviendrai.

La jeune fille évite sa mère et, au lieu de sortir de la maison comme celle-ci l'y invite, elle se dirige vers la cuisine. Ses yeux sont rouges. Elle s'arrête devant Richard, qui lui murmure quelques mots à l'oreille. Émilie sourit tristement. Elle s'écarte et fait oui de la tête, l'expression adoucie. Elle rejoint sa mère près de la porte. Elle se retourne avant de passer le seuil.

— C'est promis ?

— Promis.

Elle passe devant sa mère sans lui jeter un regard et descend les marches jusqu'à la cour asphaltée. Toujours debout sur le seuil, Catherine fait un geste qui s'apparente à un au revoir.

— À tout à l'heure.

Elle referme la porte derrière elle et se dirige vers la voiture. Émilie s'est déjà assise sur le siège du passager.

— Attache ta ceinture.

La jeune fille s'exécute sans dire un mot. Le véhicule se met en mouvement. Émilie appuie sur le bouton de la radio. Une musique électronique éclate dans l'habitacle. Catherine allonge le bras, réduit le volume peu à peu, puis fait taire la musique complètement.

— Je m'excuse d'avoir crié.

Émilie ne répond pas. La voiture traverse les rues endormies du quartier résidentiel. Les maisons se ressemblent toutes avec leurs pelouses, leurs clôtures et leurs chiens. L'asphalte recouvre tout, à l'exception de ces carrés de gazon bien propres. Les arbustes plantés l'année précédente ne jettent aucune ombre sur le béton chauffé à blanc. Ici, tout est récent et rectangulaire. Après quelques minutes, Catherine se gare dans le stationnement à moitié plein de parents venus conduire leurs enfants à la répétition. Elle coupe le moteur et se tourne vers sa fille.

— Je voulais te parler avant qu'on y aille. Juste nous deux.

Émilie regarde par la vitre. Elle reconnaît plusieurs élèves de son école qui se dirigent vers l'entrée.

— J'aurais dû te le dire avant.

Catherine s'agrippe au volant. Elle inspire profondément. La porte de l'école s'ouvre et se referme. Partout les mêmes sourires nerveux.

— Je pense qu'il va peut-être essayer de venir au concert.

Émilie se retourne enfin vers sa mère.

— Quoi ? De qui tu parles ?

— De ton père. Il est vivant.

- 4 -

La déviance, les bêtes sauvages la connaissent aussi. Ce coyote en est un bon exemple. Il sort du sous-bois dans l'ombre de la lune mourante. Le soleil tarde à se lever. Les contours de la forêt transpercent le ciel bleu et noir. Contre les habitudes de sa race, le coyote traverse la cour goudronnée de la maison, s'arrête devant la voiture et se met à mâchouiller les pneus. La gueule grande ouverte, il bave abondamment sur le sol et sur le pelage de ses épaules. Il grogne, ses pattes raclent le sol, sa mâchoire crisse dans l'effort. Le pneu lui résiste férocement. Le coyote s'acharne. La frange rouillée de l'aile du véhicule lui érafle le museau. Le coyote recule comme piqué par une guêpe et prend la fuite dans les bois, laissant derrière lui la trace de son odeur fauve et quelques gouttes de sang.

Ici, l'épinette noire, le sapin et le bouleau dominent. Depuis des siècles, la forêt boréale s'étend des deux côtés du grand fleuve, immémoriale et terrible, sombre et peuplée de légendes oubliées. Les Abénaquis ont chanté son étendue jusque loin en aval. L'épinette noire cache le soleil. Le sapin brûle en craquant. Le bouleau est déchiré pour son écorce blanche sur laquelle on peint des formes animales. Du plus haut de la voûte du ciel, on aperçoit à peine les contours de l'immensité de la forêt. Elle est l'épiderme rugueux de l'univers.

La maison est la dernière sur la route. Sa construction est rudimentaire et rappelle les colons des temps anciens, les pierres portées à bout de bras et les charpentes clouées à coups de masse. Une lumière jaune et douce s'allume à travers les fenêtres du devant, la cheminée se met à chauffer. Derrière la façade de pierre et de mortier, une présence sans nom ni âge s'agite en silence. De la cheminée, une fumée diffuse se répand dans l'atmosphère humide de la forêt. Du haut des airs, un bruant pique dans le sous-bois, suicidaire dans sa vélocité, mais souple dans son exécution. Le rideau s'écarte, l'oiseau se perche sur la branche, attiré par un intérieur qui lui est étranger. Au-delà de la morne forêt d'épinettes, de la longue plaine alluviale des Mares-Noires et de la rivière aux méandres sournois et silencieux, le soleil s'extirpe de sa disparition nocturne.

La voiture est garée devant la porte fermée du garage. Près de son pneu arrière, la flaque de bave laissée par le coyote sèche lentement sur les cailloux. Une mince pellicule d'eau recouvre la carrosserie du véhicule. Des épines de conifère convoyées par le vent y sont restées collées. Les vitres, les phares et les rétroviseurs sont tachés de gomme d'épinette. Dans la lumière croissante du jour qui se lève, le véhicule apparaît pour ce qu'il est : une épave.

Derrière la fenêtre, la lumière s'éteint. Une ombre passe. Le loquet joue et la porte se referme. Le vent souffle à travers les cimes les plus hautes des épinettes malades, dévorées par les chenilles. Une avalanche d'épines roussies atterrit sur le toit de la voiture et y reste engluée. Le gravier goudronné crisse mollement sous les pieds. La portière s'ouvre et claque. Des nuages comme des lambeaux strient le ciel encore obscur.

Je fouille dans ma poche à la recherche de mes clés. Les fenêtres sont noires, la maison est silencieuse. Ma femme et ma fille dorment encore. La vibration du moteur se propage au reste du véhicule. La vitre arrière est maculée de gomme d'épinette, rendant le paysage absurde et flou. Une fine poussière flotte dans l'habitacle. Mon corps accomplit les mouvements que lui dicte la routine. La voiture recule dans la rue. Mes yeux brûlent sous mes paupières.

Le véhicule cahote sur le chemin du village. Au-delà des Mares-Noires, un kilomètre de bosquets, de buissons et de bocages sépare les premières habitations de la virginité ancestrale de la forêt. Sous chaque racine, le cœur du monde palpite faiblement, au bord de l'extinction. La route de terre fait partie de cet équilibre fragile. Peu nombreux sont les véhicules qui passent par ici, à l'exception des résidents et des chasseurs. De temps à autre, un coyote égaré montre le bout de son museau. Les animaux sentent l'odeur des cheminées et craignent la brûlure. À contrecœur, je tourne vers le village.

La station-service vient d'ouvrir. Un homme en chemise à manches courtes fait sa ronde dans la cour. Il vérifie la poignée d'une des pompes à essence. Le feu passe au vert. De chaque côté, le paysage fade du village se déroule comme une toile. Ce tableau, je l'ai vu mille fois. Droit devant, le clocher de l'église s'élève au-dessus des toits des vieilles demeures. Une longue ligne asphaltée divise le village en deux. Dans la nouvelle partie, les chantiers pullulent. Une vieille dame attend pour traverser la route. Elle regarde défiler les voitures avec un air affolé. À part elle, les trottoirs sont vides. Je passe devant sans m'arrêter. Un peu plus loin, je mets la radio.

— *... c'est aujourd'hui que la ville de Gagnon sera officiellement rayée de la carte. Plus tard dans la matinée, les bulldozers de la compagnie minière enseveliront les restes* *de ce qui a été l'un des gisements de fer les plus productifs du nord de la province. On se rappelle que la décision de fermer la mine, prise l'an dernier par le conseil d'administration de la compagnie minière, avait entraîné la fermeture du village, ainsi que la relocalisation de ses habitants. Les derniers d'entre eux se réuniront aujourd'hui sur ce qui fut jadis la place de l'église pour rendre un ultime hommage à leur ville. On se souviendra de la mine de Gagnon comme de l'un des centres majeurs de l'extraction du minerai de fer de la Côte-Nord. Une bien triste fin pour ce village qui comptait plus de deux mille habitants...*

Toutes les rues se ressemblent ici avec leurs maisons de mêmes dimensions et leurs pelouses uniformément vertes. Toutes mènent au même endroit. Je m'imagine mort. Je vois mon cadavre posé sans vie à côté de mon corps actuel. La sensation d'oppression qui me prend tous les matins disparaît. Je contemple sans peur l'inexistence de mon être. Je puise de la force dans cette idée. Je me dis avec une euphorie inexplicable qu'une fois allongé sur mon lit de mort, le dernier souffle au bord des lèvres, j'en viendrai peut-être même à regretter une journée de merde comme celle-ci. Peut-être.

Comme toujours, je prends la route la plus longue. Le chemin Louis-Riel n'est pas fait pour le trafic automobile, il n'est même pas asphalté. Il trace une longue boucle à travers la forêt avant d'atteindre le parc industriel et la centrale nucléaire. J'actionne inutilement le clignotant. J'enfonce la pédale de gaz, un nuage de poussière s'élève dans mon rétroviseur. Le chemin est surtout emprunté par les camions des compagnies forestières. On coupe, plus haut. Bientôt, il n'y aura plus un arbre debout dans cette région, seulement une grande plaine nue où se cacheront en vain des lièvres et des mulots grelottants. La rivière coule quelque part dans le bois à travers les sentiers. Sur l'autre rive se trouve la réserve abénaquise de Wôlinak.

La forêt s'étire sur des kilomètres. Asile d'une multitude de bêtes, l'orée du bois longe le parking de la centrale. La zone est particulièrement fréquentée en hiver. De nombreux mammifères sont aperçus dans le secteur du canal de rejet, dont des ratons laveurs, des loutres et des visons, mais ce sont les coyotes qu'on retrouve le plus souvent dans les parages. Il n'est pas rare de les entendre au dernier rayon de soleil s'interpeller depuis les profondeurs du bois. Seuls les renégats du clan se font prendre au piège de l'eau.

Loin devant, j'aperçois une masse de chair immobile sur le côté de la route. Un animal de bonne taille. Le chemin est strié de traces de pneu. Je ralentis. Un tas de poils, de viande et d'excréments sèche au soleil. Une puanteur douce et sucrée. La carcasse pourrit lentement sur un lit de cailloux et de sable, tripes à l'air et chair déchiquetée par la collision. J'accélère, pris d'un mélange de colère et de nausée. L'appel du coyote est composé d'une seule note aiguë qui monte et qui descend. On dit de son hurlement qu'il est trompeur, qu'il donne l'impression que la bête se trouve à un endroit alors qu'en réalité elle est ailleurs. Son ascension vers le ciel nocturne s'effectue au cœur des ténèbres. Une chorale de hurlements mystificateurs accompagne son trépas.

Un homme avance plus loin sur la route. Je ne vois que son dos et la chevelure noire et lisse qui lui retombe sur les épaules. Il ne porte aucun bagage. Il marche sans se presser, les bras le long du corps. Je ralentis, le dépasse et m'arrête quelques mètres devant lui. Je le regarde dans le rétroviseur. Un Indien. Il porte un T-shirt, des jeans et des sandales, rien d'autre. Il s'approche de la voiture sans la regarder, comme s'il ne s'était pas encore aperçu de sa présence. Je m'étire au-dessus du siège et ouvre la portière côté passager. Je fais un signe par la fenêtre ouverte. L'homme rejoint la voiture et s'arrête devant la portière. Il se penche, ses longs cheveux noirs touchant presque l'arête de la portière.

— Je t'emmène si tu veux.

— Tu vas où ?

— À la centrale.

— OK.

L'homme monte à bord et referme la portière. Une odeur de feu de bois et de terre humide colle à ses vêtements. Il pose ses deux mains à plat sur ses cuisses et regarde droit devant lui. Il semble attendre, étrangement calme, voire résigné. Je coupe la radio et reprends la route. Le paysage latéral se brouille, la longue route rectiligne s'étend devant nous.

— Je te dépose où ?

— Où tu veux.

La voiture fait une embardée en passant dans une crevasse laissée par la pluie. Plus on s'approche de la rivière, plus la route est mauvaise, particulièrement au printemps. L'hiver, l'endroit serait impraticable sans le passage des semi-remorques.

— Je te laisse à la jonction de l'autoroute ?

— OK.

— Ça sera plus facile pour trouver un lift, un automobiliste pour te rapprocher.

L'homme ne répond pas.

— Tu montes en ville ?

— Non.

— Tu vas où alors ?

— Par là.

Il n'ajoute rien et ne fait aucun signe. Un arbre est tombé en travers de la route et il faut l'éviter. Je décélère. Les freins grincent douloureusement. L'obstacle passé, j'appuie à nouveau sur l'accélérateur. L'homme n'a toujours pas fait un mouvement.

— Tu viens d'où ?

— De la réserve.
— Tu cherches du travail ?
— Non, pourquoi ?
— Ils engagent au parc industriel.

Droit devant, un tournant bloque la perspective. D'un côté, une route de chantier s'enfonce tel un tunnel dans les abysses. Au bout, les lames des tronçonneuses s'activent et les arbres tombent dans un crépitement de brindilles. Après la courbe, la forêt s'interrompt. Les aires de coupe à blanc seront reconverties en zones agricoles, c'était dans le journal. On y plantera des pommes de terre et du tabac. Les premiers signes de civilisation apparaissent. Loin devant, comme une construction miniature posée sur l'horizon, le viaduc de l'autoroute enjambe l'ancienne route du village menant au fleuve. Les pylônes gigantesques de la centrale sont déjà visibles.

— Je vais descendre ici.
— Mais il y a rien. T'es sûr ?
— Ici, ça va.

Je me range sur le bas-côté et je le regarde descendre sans m'adresser une parole. Il salue de la main et traverse d'un bond le fossé qui longe la route. Il marche du même pas égal, les bras toujours pendants le long du corps. Il semble avoir tout oublié de notre rencontre. Comme si, l'un et l'autre, nous n'avions jamais existé. À regret, je relâche le frein.

Je m'engage sur l'autoroute. Les camions sifflent autour de moi. Quatre cents mètres plus loin arrive ma sortie. Je laisse le trafic derrière. La longue avenue de la centrale s'étire à travers un bosquet d'épinettes noires. À peine quelques centaines de mètres d'arbres et de buissons pour dissimuler la centrale aux regards. Personne n'aime voir la silhouette grise du réacteur. Une première clôture barbelée défend l'accès aux bâtiments. Je ralentis l'allure et m'arrête devant la guérite. Derrière la fenêtre à coulisse, le garde de sécurité observe l'écran d'un téléviseur portable qui teint son visage en bleu. Il est vieux et porte une casquette décolorée. L'arrivée de la voiture lui fait lever les yeux. Il fait glisser d'une main tremblante la vitre sur sa coulisse de plastique.

— Bonjour.

Je tends ma carte d'identité par la fenêtre ouverte. Le garde la saisit en étirant le bras, puis, reconnaissant mon visage, me la rend sans dire un mot. D'un geste sec, il me fait signe de passer et referme la vitre. La grille barbelée s'ouvre en cliquetant et le signal lumineux passe au vert. Je franchis la première défense. Le piège se referme sur moi. Comme chaque matin, la même sensation d'étranglement.

La centrale actuelle est construite sur les ruines d'un réacteur plus ancien. Sous les décombres de béton, les armatures de fer et les bassins d'eau lourde se trouve le sol riche et argileux de la plaine alluviale. Le souvenir de sa construction est inscrit dans la terre en de longues et profondes cicatrices. Le fleuve coule à quelques mètres du réacteur, visible partout, son odeur omniprésente sur le terrain de la centrale. Des hommes ont vécu sur cette plaine il y a longtemps. Sous la surface plane et dure de l'asphalte, et encore plus bas sous les catacombes radioactives de l'ancienne centrale, la matière se souvient de son histoire. Les pierres se tordent sous l'effet combiné de la pression et de la chaleur. La terre est marquée à jamais du fer brûlant de l'atome.

De chaque côté du chemin, les pylônes ont remplacé les arbres. Les structures triangulaires courent en direction du parc industriel, où elles scindent l'horizon en deux. La puissance électrique fait grésiller les câbles. Les pylônes en treillis portent des lignes à haute tension capables de frire un être humain en quelques secondes.

Le courant de mort passe au-dessus des têtes, léger et rapide comme la faucheuse.

Je ralentis l'allure puis m'immobilise à côté de la borne. Devant moi, une autre grille et une autre guérite bloquent le passage. Cette fois, un garde armé s'y tient debout, le visage crispé sous son béret kaki. Il prend la carte d'identité que je lui montre. Derrière moi, une voiture que je n'avais pas remarquée s'arrête à son tour. Le militaire me rend ma carte et me dit d'avancer. Je le remercie sans savoir pourquoi, le regrettant aussitôt. La grille s'ouvre.

Je trouve une place dans le parking à moitié vide et sors de ma voiture. L'air piquant de la forêt se mélange aux déjections fumantes de la centrale. La compacte cernée de rouille qui me suivait à la grille se gare quelques espaces plus loin. Le moteur se tait dans une série de claquements et la portière grince en s'ouvrant. Léopold s'en extirpe avec difficulté.

— Salut, David. Comment ça va ?

— Ça va.

Je fais un signe en direction de sa voiture.

— Qu'est-ce que c'est, ça ?

— J'ai laissé la mienne à Maryse. Au cas où... Le bébé peut arriver d'un moment à l'autre.

Je m'approche de Léopold et lui emboîte le pas en direction du bâtiment principal. D'autres automobiles entrent dans le stationnement et passent près de nous. Bientôt, une queue se forme à la barrière. Le soleil émerge de derrière la centrale. Le bâtiment est sévère, utilitaire et sans imagination. Des édifices rectangulaires sans fenêtre entourent la cuve cylindrique du réacteur. L'entrée principale donne accès aux bureaux, à la salle des commandes, à la piscine de stockage et au passage souterrain. Derrière les édifices aux toits inégaux se trouvent les transformateurs électriques, le centre de récupération des matières dangereuses et, plus loin en aval, le canal d'amenée et celui de rejet des eaux usées. Devant nous, la porte d'entrée s'ouvre automatiquement.

Deux gardes de sécurité à l'air martial patientent dans une guérite à tourniquet. Quelques mètres derrière eux, un troisième gardien se tient debout à côté du cadre du détecteur de métal. Personne ne sourit. Je passe devant Léopold, m'approche de la guérite et présente ma carte. Le garde de sécurité la fait glisser dans une fente derrière son comptoir.

— David ?

Léopold me fait signe.

— Passe me voir tout à l'heure... Quand tu auras le temps.

Je fais oui de la tête.

— OK.

Je traverse le cadre du détecteur et m'engage dans le couloir d'accès qui mène aux vestiaires. Je trouve mon casier, l'ouvre et commence à me dévêtir. Je garde mes sous-vêtements, mes chaussettes et mon T-shirt. Par-dessus, je passe ma combinaison bleu et jaune. Je dépose mon casque sur le banc de métal vissé au sol et j'enfonce ma paire de gants de coton dans ma poche arrière. J'enfile mes bottes à semelles renforcées. Une fois habillé, je referme mon casier et m'en vais.

La seconde salle est plus exiguë. Sur le mur du fond sont accrochées dans des bacs translucides des planchettes à pince équipées de stylos-billes. Chacune de ces planchettes correspond à une tâche ou à une section du bâtiment. Je m'avance vers le tableau où sont affichés les tours de surveillance et trouve mon nom. Je décroche ma planchette et repasse la porte en sens inverse. Dans le couloir, je sens l'inclinaison du sol sous mes pieds.

Des tuyaux surdimensionnés sont retenus au plafond par des gaines de métal. Pas de fenêtre dans les corridors. La lumière artificielle dispensée par les néons vacille par moments. Impossible de savoir si c'est le jour ou la nuit, l'été ou l'hiver. Un éclairage impitoyable assure la transition uniforme d'une section du bâtiment à la suivante. Sur les parois de béton renforcées, d'innombrables affiches rappellent l'importance de la sécurité au travail, de la responsabilité et de la prévention. Mes collègues se déplacent rapidement, le visage fermé et le regard occupé. Les formes se substituent les unes aux autres avec une récurrence industrielle. Je mets mon casque. Devant moi, les têtes projettent leur ombre monstrueuse sur le mur du couloir. Le vrombissement constant des ventilateurs remplace le souffle du vent. Une fraîcheur climatisée élimine toute possibilité de douceur.

J'entre dans la salle de la chaudière. Deux hommes vêtus comme moi manœuvrent un chariot élévateur chargé de pièces de tuyauterie. Je connais leurs visages, mais pas leurs noms. Le premier opérateur guide le second, qui se trouve au volant du véhicule. Le chariot tente un demi-tour difficile dans cet espace restreint. Je les contourne et m'arrête devant une série de jauges incrustées dans le panneau de contrôle électrique. Le système secondaire fait tourner les ventilateurs, l'éclairage et le système de chauffage. Je note les kilowattheures. Derrière moi, la pince du chariot dépose les tuyaux sur la palette de bois rêche. Je jette un dernier coup d'œil à mes chiffres et remets mon stylo dans ma poche. L'un des deux hommes m'observe. Je mets deux doigts à mon casque en guise de salut. L'homme m'imite. Je quitte la pièce. Je n'ai pas fait vingt pas que j'entends un écho inhabituel en ce lieu. De la musique.

La piscine de stockage des combustibles irradiés fait penser à un bassin de compétition olympique. Même forme, mêmes dimensions. Il n'y manque que les nageurs, les podiums et les drapeaux. Posés au fond comme des sarcophages engloutis, les caissons métalliques remplis de grappes radioactives tremblotent sous la lueur des néons. Aurores boréales mises en bocal, les reflets de l'eau dansent sur le plafond de la voûte. Une longue rambarde à barreaux doubles fait le tour de la piscine. Chaque jour, on transfère une quinzaine de grappes usées dans la piscine. Un treuil à l'allure de potence opère l'échange. Pendant une période de sept ans, le souffle mortel des pastilles d'uranium s'assoupit jusqu'à l'extinction de leur puissance radioactive. Ensuite, on les met dehors dans des silos de béton. La durée de vie de l'isotope radioactif dépasse celle de l'humain.

Un corridor séparé de la piscine par une pellicule de plastique transparent conduit à l'aire de travail de Léopold. Je repousse de la main le rideau fait de lanières de caoutchouc et passe sous la tente. J'entends la musique plus clairement à présent. Je traverse la zone intermédiaire de cet assemblage disparate de bâches multicolores, de pôles métalliques et de cordages de nylon, et parviens à son poste de travail. La pièce est remplie d'appareils électroniques dont je ne comprends pas le fonctionnement. Absorbé dans la contemplation minutieuse d'un écran circulaire, Léopold ne me remarque pas tout de suite. Derrière lui, un appareil ressemblant à un four émet à intervalles réguliers de brefs signaux lumineux.

— Tu voulais me voir ?

Léopold lève la tête. Sa forte taille contraste avec les appareils délicats qui l'entourent. Il étire le bras sous son bureau et baisse le volume de la musique.

— Entre, David. Ça sera pas long.

Près de l'entrée de la tente se trouve une imposante machine ressemblant vaguement à un banc de scie, mais dont le plateau supérieur est surmonté d'un cadre métallique auquel est suspendue une lentille convexe de la taille d'une assiette. Le plateau est recouvert d'outils hétéroclites : une vieille pince à avoyer, un ampèremètre taché d'huile et un coffret de douilles à six pans. Un épais cartable à anneaux rempli de feuilles plastifiées est ouvert à la page centrale.

— Qu'est-ce que c'est, ça ?

— Ils l'ont apporté il y a deux semaines. Je le répare.

Léopold ouvre une petite trappe sur le côté de l'appareil électronique et plonge sa grosse main à l'intérieur. Il en retire un nœud de fins câbles multicolores. Une minuscule pince apparaît entre ses doigts. Je fais quelques pas dans la pièce. Empilés les uns sur les autres, de vieux compteurs mécaniques accumulent la poussière.

— J'ai presque fini.

Il repousse le nœud de câbles à l'intérieur et referme la trappe. Il tire un carnet du tiroir de son établi dans lequel il inscrit quelque chose au crayon. Puis il pose son calepin et débranche l'appareil.

— Voilà, désolé de t'avoir fait attendre.

Il fouille dans ses tiroirs, déplace des objets, pousse une caisse du pied. Je remarque la photographie sur une tablette derrière le bureau.

— Maryse va bien ?

Mon supérieur lève la tête à la mention du nom de sa femme. Il sourit en se retournant vers la photo.

— Elle est un peu fatiguée, mais elle tient le coup.

Il dépose les outils qu'il vient de sortir d'une caisse en carton située sous l'établi. Une vibration métallique parcourt sa table de travail.

— Et toi, comment va ta petite ?

— Émilie ? Bien. Dort pas beaucoup.

Léopold sourit doucement.

— Pas facile, hein ?

— C'est pas rose tous les jours.

Léopold s'éclaircit la gorge. Il ajuste sa position sur son siège et croise les mains sur sa poitrine. Il inspire profondément.

— On peut parler, David ?
— Bien sûr.
Léopold fronce les sourcils.
— C'est pas ce que je préfère dans mon travail, tu sais...
Il décroise les mains et les pose sur l'établi.
— Je veux pas me mêler de ce qui me regarde pas, mais j'ai remarqué que t'avais pas l'air dans ton assiette ces temps-ci. Pas comme d'habitude...
Il s'incline sur son bureau, les bras croisés.
— Je veux dire... Est-ce que tout va bien ?
— Pourquoi ça irait pas bien ?
Léopold se redresse dans son fauteuil.
— Je sais pas, moi. Je demande, c'est tout.
Il me fixe un instant. Je soutiens son regard sans difficulté. Il baisse les yeux le premier.
— C'est juste que t'as l'air de mauvaise humeur depuis quelques semaines. Je me demandais pourquoi. Mais si tu me dis que tout va bien...
— Tout va bien.
— Tant mieux. Bien content.
— Je te le dirais, sinon.
— OK, David.
— Est-ce qu'il y a autre chose ?
— Ça dépend. T'as vraiment rien à dire ?
Je hausse les épaules. Léopold soupire, se lève et contourne son établi.
— Écoute, David, je suis pas bon à ce jeu-là. T'as l'air préoccupé, t'es de mauvaise humeur, t'es irritable. Tu dis jamais plus que deux mots d'affilée à tes collègues. Alors moi, je te demande pourquoi. Un point c'est tout. Si tu veux pas parler, je vais pas te forcer.
Mon supérieur continue posément.
— Mais s'il y a quelque chose qui te dérange, tu peux me le dire. Si c'est un problème au travail...

Il ajoute d'un ton prudent :

— … ou à la maison ?

Je regarde l'écran derrière Léopold. Un voyant lumineux s'allume et s'éteint. Deux clignotements, puis rien.

— David ?

Léopold me regarde intensément.

— Ma porte est toujours ouverte. Si tu veux parler…

D'une façon incongrue et complètement inattendue, je revois l'Indien qui s'éloigne du chemin Louis-Riel dans le champ dévasté à travers les crevasses des chenilles, des bulldozers et les troncs charcutés. Je revois sa démarche nonchalante et ses cheveux longs, ses bras qui lui pendent le long du corps, ses sandales et ses vieux jeans. J'imagine la terre qui s'ouvre devant lui pour l'avaler, gouffre immense de racines et de pierres au fond duquel coule un ruisseau d'eau mauvaise. Son corps tombe sans mouvement, presque avec son consentement, dans cet abîme boueux qui se referme sur lui. Je vois les tremblements du sol et les éructations de la croûte terrestre, la lente digestion du corps planétaire, l'annihilation de l'être. Je vois ma carcasse pourrir le long de la route, écrasée, réduite en bouillie par un camion fonçant à toute vitesse. Je sens à peine le choc. Un état d'euphorie se saisit de moi. Plus rien n'existe. Je ne laisse aucune trace derrière moi, sinon la vague et éphémère rumeur de mon passage. Mon corps roule dans le fossé, loin sous la route où sifflent les remorques. Dans le silence du matin, les crocs des bêtes viendront me dépecer.

— David ?

Je me secoue. Léopold m'observe.

— Ça va ?

— Je… T'as raison, Léopold. Je suis un peu fatigué, ces temps-ci.

Inspiration, expiration. Le clignotement lumineux se fait voir au-dessus de la tête de Léopold. Un, deux, et rien. Léopold patiente, les yeux rivés sur moi. Je lui donne ce qu'il veut.

— Depuis qu'Émilie est née, beaucoup de choses ont changé. Dans ma vie, je veux dire. Avec Catherine non plus, je sais pas... C'est plus ce que c'était... J'ai de la difficulté à dormir, des mauvais rêves, je me réveille tout le temps...

— Je m'en doutais...

Je le regarde sans comprendre. Il poursuit.

— C'est toujours pareil, avec les nouveaux parents. J'aurais dû le savoir.

Le visage de Léopold s'illumine d'un vaste sourire.

— C'est le manque de sommeil.

Il s'approche de moi.

— Quand mon frère a eu son petit, il dormait pas plus que quatre ou cinq heures par nuit. T'aurais dû le voir, une vraie bombe ambulante, toujours prêt à exploser. Mais t'en fais pas, ça dure pas.

— Quoi, qu'est-ce qui dure pas ?

— Ben, le manque de sommeil, le bébé qui fait pas ses nuits !

Léopold enfonce les mains dans ses poches, visiblement soulagé par cette explication.

— T'aurais dû me le dire tout de suite que c'était ça, j'aurais compris.

Il passe la main sur son front.

— Je pensais que c'était quelque chose de plus grave.

Son sourire se transforme en éclat de rire.

— Je t'avoue que je suis un peu soulagé, David. Déjà que ça m'enchante pas trop de faire de la psychologie avec le personnel...

Il pose la main sur mon épaule.

— Je compatis, mon vieux. D'autant plus que bientôt ce sera mon tour !

— Oui, c'est ça...

Léopold retrouve un peu de son sérieux.

— Écoute, je sais que c'est pas facile, David, mais essaie quand même de te reposer un peu. Tu peux même prendre une ou deux journées de congé, si tu veux. Il t'en reste assez, si je me souviens bien.

Il sourit à nouveau et, figure paternelle un peu maladroite, il me donne un coup de poing sur l'épaule.

— Ça m'enlève un poids, si tu savais... Être irritable parce que son bébé fait pas ses nuits, il y a rien de plus naturel ! Tout le monde va comprendre. Prends quelques jours, repose-toi et tout va rentrer dans l'ordre, tu vas voir. Et essaie d'être un peu plus sociable quand tu reviendras. OK ?

Nouvelle claque sur l'épaule.

Je ne sais pas quoi répondre. Le courage m'abandonne. L'image obsédante de l'Indien réapparaît soudain. Je ne vois ni son visage ni son corps, mais je sais que c'est lui, je reconnais son odeur de feu de bois. Il traverse la réserve, passe devant l'église sans parler ni regarder personne et s'enfonce dans la forêt. Il traverse la rivière à gué à la presqu'île, et trouve le chemin de terre à travers les arbres couchés. Il monte sur le chemin Louis-Riel. Il ne se demande pas de quel côté il ira puisque les deux directions l'éloignent de chez lui. Quand il entend le moteur de ma voiture, il ne se retourne pas. Il me voit m'arrêter devant lui, ouvrir la portière et l'inviter à entrer. Il accepte sans réfléchir. S'en aller, voilà tout ce qu'il souhaite. Mais que laisse-t-il derrière lui ? Son ombre en chasse une autre.

— En revenant, pourrais-tu passer par le secteur du canal de rejet ? C'est bloqué au niveau de la grille.

Je lève la tête. Léopold s'est rassis derrière son établi.

— Quoi ?

— Le canal de rejet. Y a encore un raton laveur de pogné dedans. Je sais pas ce qu'ils ont à aller se fourrer là. Tu iras voir quand tu auras fini ta ronde, OK ?

Je garde le regard fixé sur lui. Déjà, il s'est remis au travail. Avec l'un de ses tournevis miniatures, il commence à démonter le moteur électrique connecté à la pale du ventilateur. Je fais un signe de la tête et quitte la tente. Dans mon dos, j'entends la chaise qui grince. La musique reprend aussitôt, poussée à plein volume. Léopold fredonne.

J'entrouvre le rideau de caoutchouc et me glisse dans l'atmosphère chimique de la piscine. L'odeur lourde et entêtante de la solution irradiée me monte au nez. Sans savoir pourquoi, je crache dans le bassin. J'inspire profondément. L'air me brûle les narines. Je regarde ma salive se diluer dans l'eau radioactive. Je m'agenouille près des compteurs. Les numéros dansent devant mes yeux. Autour de moi, ni soleil, ni ciel, ni verdure, ni route, ni animaux, ni forêt. Rien que des machines. Mes bottes me semblent plus lourdes qu'à l'habitude.

Face au danger, la bête n'est ni brave, ni couarde, ni craintive, ni valeureuse. Elle répond à un ordre des choses plus vaste, à un système infini de mort et de régénération. La femelle abandonne son faon pour sauver sa propre existence, celle de sa race. Le claquement des mâchoires des loups l'affole, bien sûr. Dans la mêlée, elle perd toute mesure et toute géographie. Elle plonge entre les flancs de ses congénères, suant, puante et couverte de piqûres de moustiques, frottant ses poils contre les poils de centaines d'autres, trouvant refuge dans le troupeau. Sa survie, voilà à quoi elle pense. L'homme court nu dans un désert de pierres, son âme dans une main, son inutile sens de l'honneur dans l'autre.

Les larges couloirs ont cédé la place à de modestes tunnels qui s'enfoncent sous terre. La lumière blanche des néons éclabousse la moindre surface de plancher. Sur les murs, une matière liquide jaune et ocre laisse de longues traînées. D'infimes gouttelettes de condensation s'accrochent à la moisissure mêlée de poussière gluante qui recouvre les tuyaux du plafond. Une odeur qui rappelle celle de l'urine monte des parois verticales. Le vrombissement des machines est incessant. Une lampe de sécurité éclaire l'escalier qui s'enfonce dans les profondeurs de la caverne. Je m'arrête devant le sas donnant accès au réacteur. Derrière moi, l'escalier grillagé conduit au palier inférieur. Une lueur blanche y indique la présence d'autres hommes. Je m'y engage, mon ombre hydrocéphale m'y devançant sur le mur.

Dans la salle d'en bas, mon sentiment d'oppression est allégé par la présence d'une équipe de techniciens au travail. Une demi-douzaine de personnes s'y occupent à différentes tâches. La mienne est de prendre les mesures du système électrique secondaire. Un pan entier de la salle est recouvert de cadrans. En descendant l'escalier, je reconnais les silhouettes et les visages. L'ingénieur en chef Robert Fafard et sa collègue Claudia Soriano, les électriciens Paul Lemieux et Louis McPherson, et deux autres techniciens que je ne connais pas. Ces derniers empilent des caisses de styromousse sur la palette d'un élévateur. Au centre de la pièce, les deux électriciens dépècent à coups de pince un caisson métallique de ses entrailles de filage. Fafard et Soriano se trouvent tout au bout de la salle, près du tunnel B. Je me dirige vers le mur où m'attend un vaste tableau de contrôles, de compteurs et de cadrans.

Avec l'aisance que donne l'habitude, je commence mon inspection des compteurs. Les disques tournent sous les boîtiers de verre et de métal, les aiguilles se déplacent à une allure infinitésimale. Dans cette gigantesque boîte de Pandore, chaque mesure a son importance. Je me déplace latéralement d'un bout à l'autre de la pièce, observant et écrivant méthodiquement chaque donnée sur ma planchette. Les cases vides se remplissent d'informations qui seront transférées à la salle de commande. Un système de vases communicants dont je ne suis que l'un des récipients.

Je termine mon relevé. Derrière moi, les techniciens achèvent eux aussi leur travail. Ils ont empilé les caisses de styromousse sur l'élévateur et se préparent à quitter la pièce. Ils doivent passer par le tunnel B pour rejoindre le corridor principal. Un peu plus loin, les ingénieurs se sont partagé le travail. Soriano se trouve debout devant l'écran à dicter les codes, tandis que Fafard vérifie ses données sur un second terminal. L'ingénieur en chef fronce les sourcils.

— On dirait pas que la surcharge dans le système est localisée au seul secteur de la piscine.

Au centre de la pièce, l'un des deux électriciens sort de sa trousse un ampèremètre auquel il connecte l'extrémité d'un câble de cuivre. Son collègue le regarde faire. L'appareil grésille doucement, sa petite aiguille oscillant de droite à gauche. Le second électricien se retourne vers moi.

— Salut, David, ça va ?

Je réponds d'un signe de tête.

— Qu'est-ce que vous faites ici ?

L'électricien montre la boîte métallique du menton.

— On vient tester le système électrique secondaire. Il y a quelque chose qui marche pas avec l'ampérage.

Penché au-dessus de la boîte, le premier électricien débranche le câble de cuivre et remet l'ampèremètre dans sa trousse.

— OK, j'ai fini. On peut remettre tout ça en place. C'est pas ici.

Comme s'il remarquait seulement ma présence, il me fait un léger signe de tête avant de se repencher sur la boîte pour en refermer le couvercle. Je touche le bord de mon casque.

— Bon, moi aussi j'y vais.

Je reprends l'escalier par lequel je suis venu. La même odeur d'urine et de moisissure me monte aux narines. J'arrive au sas du réacteur et je m'apprête à regagner la piscine de stockage par le tunnel de transfert quand une légère secousse m'arrête. Au-dessus de ma tête, un tuyau se met à vibrer dans sa gaine de métal. Une explosion retentit, immédiatement suivie d'une deuxième. Le choc de la détonation a dû être atténué par les épaisses fondations de la centrale. Instinctivement, je m'immobilise. Une lointaine onde de choc secoue le bâtiment, rien d'autre pour l'instant. Je fais un pas vers l'escalier. J'entends des cris venus d'en bas. Je reconnais la voix de l'ingénieur Fafard qui domine celle des autres. En m'appuyant sur la main courante, j'arrive à sentir les dernières oscillations dans l'ossature métallique. Sous moi, l'escalier plonge dans les profondeurs. La troisième explosion me fait presque basculer dans le vide.

Je lâche la planchette, qui dégringole sur les marches d'acier. La résonance de l'impact s'attarde dans les conduits du long corridor. Je me rends compte que j'ai perdu mon casque. De nouveaux cris, plus nombreux cette fois, proviennent d'en bas. Je dévale l'escalier jusqu'à la salle que je viens de quitter. La déflagration s'est fait sentir à proximité. L'équipe est encore sous le choc. Les caisses en styromousse sont renversées autour de la palette de l'élévateur. De nombreux instruments électroniques sont éparpillés sur le plancher, fracassés et inutilisables. Je traverse les décombres et me joins au groupe qui s'assemble autour de Robert Fafard.

— OK, vous savez ce qu'il faut faire. Allons-y dans le calme, s'il vous plaît.

Il s'adresse à sa collègue en aparté.

— Peux-tu m'aider à tout éteindre, Claudia ? Ce qui fonctionne toujours, en tout cas.

La femme acquiesce et retourne vers son ordinateur pour commander la mise en arrêt du système. Fafard débranche les éléments électriques. Le reste du groupe accomplit des tâches similaires avant de se reformer près du tunnel B, au fond de la salle. Robert Fafard les rejoint.

— Tout le monde est là ? Vous êtes-vous assurés que vos postes de travail respectifs sont bien...

Le hurlement de la sirène d'alarme engloutit le reste de sa phrase. Une voix enregistrée nous répète de nous diriger vers la sortie la plus proche. D'un mouvement commun, nous fonçons dans le tunnel B. Nous n'avons pas parcouru vingt mètres que les néons clignotent et s'éteignent, forçant notre groupe à s'immobiliser dans une obscurité totale. Un souffle hydraulique se fait entendre à proximité, puis un choc métallique réverbéré par l'écho du tunnel.

— Vous avez une lampe ?

Une main touche mon coude. Une respiration haletante se fait entendre.

— Il faut sortir d'ici.

Au même instant, une lumière fragile et vacillante reparaît. Je me retourne. Claudia Soriano se trouve à côté de moi, l'air paniqué. Soudain, un hurlement.

— Reculez !

Je lève la tête trop tard. Le souffle de l'explosion me jette par terre. J'atterris sur le flanc et me cogne la hanche contre le béton. Des étincelles dansent sous mes paupières. J'arrive à rouvrir les yeux. Les autres sont étendus autour de moi. Je prends appui sur une main. Je sens une douleur à la hanche. L'ingénieur en chef est le premier debout.

— Vite, on retourne dans la salle !

Une fois sur pied, j'aide Soriano à se relever. Elle tarde à se remettre d'aplomb. Au petit pas de course, notre groupe regagne la salle. L'ingénieur Fafard fait le compte : les deux techniciens, les deux électriciens, Soriano et moi. Nous sommes tous là. Les voix se mêlent.

— Qu'est-ce qui se passe ?

— Y a quelque chose qui a pris feu là-bas, j'ai vu des flammes !

— Qu'est-ce qu'on fait ? Il faut sortir !

— On passe par la piscine ?

— C'est peut-être bloqué là aussi !

— Attendez.

Robert Fafard se dirige vers le téléphone accroché au mur. Il saisit le combiné et appuie sur le bouton au centre du boîtier. Instinctivement, les autres membres du groupe se rapprochent de lui. Il se met à parler.

— Allô, ici Robert Fafard. Je rapporte un incendie dans le tunnel B entre la salle inférieure et le corridor principal. On est sept. Oui, toujours dans la salle inférieure. Il semble que l'unique sortie possible soit par la piscine de stockage. On va...

L'ingénieur fronce les sourcils.

— Oui, on vient d'éteindre... Bien sûr, tous les systèmes...

Comme les autres, je m'approche un peu plus. Fafard continue.

— On a entendu quatre détonations. La dernière était la plus proche de nous. On a tenté de rejoindre le corridor principal par le tunnel B, mais je crains que cette issue soit bloquée, je pense que...

Nouvelle interruption. La voix au téléphone semble donner des instructions. Robert Fafard hoche gravement la tête. L'électricien qui se tient près de moi me donne un petit coup de coude.

— Tu penses que ça va venir jusqu'ici ?

— Attends un peu.

J'essaie d'entendre ce que dit la voix au bout du fil.

— Ça s'en vient. Oui, c'est exact, sept personnes.

Claudia Soriano et lui échangent un regard tendu. Fafard hoche la tête.

— Les noms, oui, un instant...

Fafard jette un coup d'œil autour de lui, faisant le compte.

— Je m'appelle Robert Fafard. Avec moi, il y a Claudia Soriano, Paul Lemieux, Louis McPherson, Antoine Laverdière, Jean-Guy Trépanier et...

Voyant qu'il hésite, je dis mon nom.

— ... et David Bonaventure, complète-t-il.

Un long silence succède à l'énumération des noms. Les visages se durcissent. Autour du téléphone, nous attendons tous avec la même anxiété. Soudain, l'expression de l'ingénieur se fait plus grave.

— Allô ? Il y a quelqu'un ? Vous m'entendez ?

Un intense choc métallique provient du tunnel. Une vibration fait trembler les tuyaux qui nous surplombent. Aucune détonation ne se fait entendre. Nous échangeons des regards inquiets. Nous connaissons tous l'épaisseur des surfaces au-dessus de nos têtes. Le grésillement du téléphone reprend. Robert Fafard relève la tête, l'air soulagé.

— Oui, je suis toujours là !

L'invisible voix donne de nouvelles indications. Robert Fafard écoute avec attention, enregistrant tout. De temps à autre, il place un mot montrant qu'il a bien compris.

— Oui... OK... D'accord...

La conversation s'étire. Les membres de notre groupe murmurent. Je ressens toujours de la douleur à la hanche. Les regards se dirigent vers l'escalier. Je devine l'intention de certains. Robert Fafard opine enfin.

— C'est ce qu'on va faire. OK, merci.

L'ingénieur raccroche. Il se retourne vers le reste du groupe.

— Bien, voilà ce qui se passe. Il y a eu une série d'explosions dans tout le secteur. L'accès à plusieurs couloirs a été bloqué par les débris ou par le feu, comme ici dans le tunnel B. La mauvaise nouvelle, c'est que le passage menant à la piscine de stockage est aussi impraticable. Ils savent pas ce qui a provoqué les explosions, mais ils pensent qu'il s'agit du système électrique secondaire.

Machinalement, Fafard jette un coup d'œil en direction des deux électriciens.

— Quoi qu'il en soit, ils nous demandent de rester ici jusqu'à ce qu'ils nous envoient les pompiers...

Un murmure de désapprobation parcourt le petit groupe.

— Quoi ?

— On peut pas rester ici, objecte l'un des techniciens. Ça brûle dans le tunnel, tu l'as vu toi-même. Combien de temps avant que les flammes arrivent jusqu'à nous ?

Claudia pose sa main sur l'avant-bras de son collègue.

— Robert, ils ont dit que le passage de la piscine de stockage était bloqué, mais où exactement ? Il y a plusieurs façons de sortir du bâtiment.

L'ingénieur s'apprête à répondre quand le premier électricien l'interrompt.

— Écoutez, peu importe ce qu'ils disent en haut, je pense qu'il faut sortir d'ici au plus vite. On devrait passer par le corridor de transfert, gagner la piscine et voir comment ça se présente. Ça peut pas être pire qu'ici.

Une muette approbation accueille ses propos. L'ingénieur en chef tente de s'opposer.

— Ils ont dit qu'ils envoyaient la brigade. À mon avis, mieux vaut attendre. On va pas jouer au chat et à la souris avec eux. Comment ils vont nous trouver si on quitte la salle ?

L'électricien montre le combiné de téléphone.

— T'as juste à les rappeler pour leur dire. Explique-leur qu'on va voir si on peut trouver une issue du côté de la piscine de stockage.

Murmure d'approbation.

— Alors, tout le monde est d'accord ? demande Robert Fafard à la ronde.

Hochements de tête.

— Bien, je les rappelle...

L'ingénieur en chef se retourne vers l'appareil et soulève le combiné. Une partie du plafond s'effondre dans une projection de béton et d'acier. La poussière avale le groupe. Sifflements stridents. Violente explosion. Une lampe d'incendie s'allume et s'éteint aussitôt. Un cri traverse le mur de sédiments en suspension. Une silhouette apparaît à contre-jour. Puis une deuxième. Une troisième forme, vaguement humaine, se traîne sur le sol. Une plaque de béton se détache à moitié de la voûte, cède et s'écrase sur la forme, qui disparaît dans un nuage noir. Quelques secondes et plus rien. Sur le panneau de contrôle, l'obscurité devient totale. La deuxième silhouette s'agenouille devant l'escalier menant au sas. Elle tente un mouvement pour se redresser, glisse et s'affaisse sur la première marche, la tête la première. Tremblement souterrain. L'effondrement du plafond sépare l'étage en deux. Je trébuche en faisant craquer des débris de tube de néon. Mes doigts rencontrent l'extrémité de la main courante. Je lève un pied. Une marche, deux marches, trois marches... Le corridor, la salle, les murs n'existent plus. Je me déplace avec peine. Je monte, monte pourtant. Là-haut, une lampe à incendie luit à travers la cendre en suspension. Quelques mètres encore. Mon corps acquiert une substance, la lumière lui confère des contours. La cendre colle à mes avant-bras. Mes épaules se soulèvent, mes mains se posent à plat sur la dernière marche de l'escalier. Je me retourne. Sous moi, le chaos a planté son nid.

Je me remets difficilement sur pied. Les lumières vacillent. J'aperçois le tunnel de transfert qui s'étire devant moi dans une pénombre stroboscopique. Je jette un regard derrière. Au fond de la cage d'escalier, plus rien n'est visible qu'un écran de poussière. Les lueurs mauvaises de l'incendie flamboient à travers le brouillard opaque.

— Y a quelqu'un ?

Ma voix dérisoire se perd dans le maelström de la catastrophe. Coup de vertige, je me raccroche à la main courante pour conserver mon équilibre. Un court-circuit pétille au-dessus de ma tête. Sur ma gauche, un tuyau de ventilation s'échappe de sa gaine et rebondit sur le plancher de béton. Nouvelle explosion. Le sol tremble, les murs oscillent. Je lâche prise et trébuche. La douleur à ma hanche est intense. Je m'enfuis en boitant dans le tunnel de transfert.

Le couloir donne l'impression de se refermer sur moi. Un souffle de poussière me poursuit à la manière d'un vent du désert, gagnant du terrain à chacun de mes pas. J'entre dans la zone de la piscine de stockage. Le corridor éructe son haleine noire et dure en une projection de débris de béton qui traversent l'espace et sombrent dans l'eau irradiée du bassin. Un voile de saleté se pose à la surface. La poussière redescend en tourbillons concentriques. Les granules de béton coulent doucement au fond de la piscine, cailloux incandescents perdant de leur vélocité au contact de l'eau. Le silence tarde à venir. Le vrombissement est assourdissant.

Je me relève et me mets à courir en direction de la tente en plastique de Léopold. Autour de moi, à part la couche d'immondices posée sur l'eau et le grondement des fondations qui souffrent, tout semble normal. La surface du bassin est sereine. Comme s'il ne s'était rien passé. Il aurait pu s'agir d'un jour comme les autres.

— Léopold ?

Je passe sous le rideau de plastique.

— Tu es là ?

Je m'immobilise devant les appareils électroniques. Tout est éteint. La chaise à roulettes gît par terre. Sur l'établi, je reconnais le moteur et la pale de ventilateur abandonnés.

— Léopold ?

Pas de réponse. Le grognement souterrain s'intensifie. Je reviens sur mes pas en claudiquant. Mon regard se perd un instant sur le bassin et j'aperçois les supports de métal des grappes radioactives, leur perspective légèrement déformée par le prisme trompeur de l'eau. Le tunnel de transfert n'est plus qu'à quelques mètres devant moi. Soudain, j'entends le sifflement, l'expiration venue du fond du corridor.

L'explosion me propulse sur la rampe de protection. Je bascule par-dessus et plonge à la renverse dans l'eau contaminée. Ma descente est arrêtée par l'un des casiers de métal. Le choc me rend mes esprits. Mes lourdes bottes de protection et ma combinaison trempée m'attirent vers le fond. Paupières brûlantes, je remonte péniblement à la surface. Je vais ouvrir les yeux quand je sens la fraîcheur de l'air sur sa main. Je crève la surface de l'eau et inspire goulûment une première bouffée d'oxygène. L'air salvateur me remplit les poumons. Stabilisant ma position, la tête hors de l'eau, j'entrouvre prudemment les paupières. Le bord de la piscine se trouve à quelques mètres à peine. Nageant de mon mieux avec ma combinaison et mes bottes trempées, je traverse le bassin dans sa largeur et parviens de l'autre côté. Je réussis à m'extirper de la piscine. Je retombe lourdement de l'autre côté, épuisé et trempé jusqu'aux os. Allongé sur le dos, je penche la tête sur le côté et vomis une flaque d'eau grise et ardente.

Je reste couché quelques secondes. Le sol est froid et humide sous mon dos. Les flammes s'élèvent déjà de l'autre côté du bassin. Je me remets douloureusement sur pied. Le choc avec la rambarde a aggravé ma blessure à la hanche. Je retraverse en titubant la longueur de la piscine. Même à cette distance, j'arrive à sentir la chaleur des flammes. Ma peau brûle comme si elle avait été chauffée à blanc. Je contourne le bassin en boitant, repasse devant la tente de Léopold et quitte la piscine de stockage par le corridor.

Un croisement. D'un côté, la voie de sortie est obstruée par un affaissement de tuyaux de ventilation. J'opte pour l'autre côté, celui du débarcadère. J'arrive à la salle de chargement où se trouvent trois immenses portes de garage équipées de plateformes hydrauliques. Toutes trois sont fermées. Je m'approche de l'une d'elles et active l'ouverture électrique. Sans succès. Pourtant, au plafond, les néons sont allumés, l'électricité n'a pas encore été coupée. J'essaie la deuxième porte. Toujours rien. Derrière moi, une conduite d'eau cède et gicle à la façon d'un serpent fou, aspergeant d'eau brûlante la salle du débarcadère. Je me déplace vers la dernière porte et presse le bouton du boîtier. Froissement de tôle. Ça y est ! Les chaînes jouent sur leurs roues dentelées et soulèvent la lourde porte d'aluminium de quelques pouces avant de s'interrompre dans un grincement. Je m'avance sur la plateforme hydraulique en rampant. Je sens le métal côtelé et le bas de la porte sous ma combinaison alors que je me faufile. Puis, enfin, le souffle du vent sur ma peau à vif.

Je saute de la plateforme et atterris dans la cour arrière. Ma hanche m'élance horriblement. Autour de moi, personne en vue. J'ouvre rapidement le haut de ma combinaison trempée. Mon épiderme me donne la sensation d'être en feu. L'oxygène que je respire est brûlant. Je me retourne vers la centrale. Un rideau de fumée noire s'élève dans le ciel. J'entends soudainement les sirènes. Les émanations de fumée sont trop denses pour permettre d'apercevoir quoi que ce soit. Je fais deux ou trois pas sur l'asphalte fissuré. L'orée de la forêt ne se trouve qu'à quelques mètres derrière la clôture d'acier. Je regarde à nouveau derrière moi. Une explosion se fait entendre loin à l'intérieur du bâtiment. Les sirènes se rapprochent.

Les lueurs de l'incendie créent des jeux d'ombres mouvantes dans la forêt. Les esprits guettent entre les troncs. Le coyote se presse à la recherche d'âmes perdues. Il appartient à une dimension qui n'est pas tout à fait la nôtre, sans pour autant nous être complètement étrangère. Psychopompe, il louvoie entre ce monde et le suivant. Il profite des ombres pour se démultiplier et abuser ses proies. Il est désincarné et sans substance, puis se matérialise dans les endroits les plus inattendus. Son hurlement éclate à droite, puis à gauche, et soudain il est partout.

Les arbres semblent prendre vie et se déplacer. Je jette un regard vers les bâtiments en flammes. Ma décision est prise. Je m'élance sur la clôture de fer. Je retombe de l'autre côté, rompu. La sirène d'un camion fuse dans le néant. Un gyrophare perce l'écran de fumée. Là où il n'y avait personne une seconde plus tôt, ils arrivent. Je rampe parmi les branches, dissimulé par le couvert des arbres. Le camion de pompiers contourne le bâtiment incendié en bourdonnant et s'immobilise devant la porte du débarcadère.

Je disparais.

- 5 -

L'homme se tient sur le côté de l'autoroute et attend. Les voitures sifflent à quelques mètres de lui, aucune ne s'arrête pour le prendre. Il s'est remis à neiger. L'homme retire sa mitaine et tend la main pour se convaincre de la réalité de l'hiver, des flocons si légers qu'ils meurent aussitôt au contact de sa peau. Le froid lui brûle les doigts, il remet sa mitaine. Au-delà de la rampe, une centaine de mètres sépare les deux directions. L'homme regarde la longue ligne lumineuse des véhicules qui s'étire de la sortie du tunnel jusqu'aux ténèbres glacées de la forêt. Les montagnes qui l'entourent sont invisibles, avalées par la nuit. À peine une ombre plus obscure sur le fond opaque du ciel. Seuls existent ces flocons lumineux qui flottent un instant dans les rayons des phares avant de disparaître.

L'homme tend le pouce. Une camionnette passe sans s'arrêter, laissant un courant d'air glacial derrière elle. Pas beaucoup de trafic, ce soir. En sens inverse, l'autoroute est bondée. Les voitures se roulent les unes sur les autres, pare-chocs contre pare-chocs. Les gens descendent vers le sud, en cette saison. Pas de chance. L'homme souffle dans ses mitaines pour réchauffer ses doigts gourds. Il porte un manteau d'hiver doublé de duvet, un capuchon tiré sur ses yeux et de vieilles bottes de chantier. Ses vêtements sont usés et portent les traces du travail. Le tissu est élimé aux coudes et aux genoux. Il a un sac à dos sur les épaules, un tapis de sol roulé et un thermos métallique arrimés au côté du sac.

L'homme enjambe la rambarde et descend la pente douce qui mène au bois. Il ne voit pas les arbres, mais entend le murmure du vent dans les branches nues. Au-dessus de lui, un camion remorque fait trembler l'armature de fer de la rampe. L'homme défait son pantalon et pisse dans la neige. La chaleur de l'urine creuse un trou qui descend jusqu'au sol gelé. Quand il a fini, l'homme balaie la poudreuse avec sa botte pour effacer la trace et remonte sur l'autoroute. Il boite un peu en escaladant le remblai.

Les pentes escarpées sont traîtresses en hiver. Coupant les montagnes Taconic et les montagnes Vertes selon un axe nord-sud, l'autoroute monte et descend à travers des forêts sans fin, des vallées escarpées et des gorges profondes. Les villes et villages sont rares, essaimés sur ce territoire vaste comme un pays. Les trains routiers ne s'arrêtent pas souvent, les camionneurs craignent cette saison. Bien qu'elle ne soit jamais dite, la peur de subir un bris mécanique dans ces étendues désertes est bien présente. Chaque hiver, des convois sont victimes d'accidents provoqués par la glace noire, la vitesse, les descentes abruptes ou la visibilité nulle.

L'homme frappe ses bottes l'une contre l'autre. Sur l'accotement, la neige gelée par le froid des nuits précédentes est aussi dure que la pierre. Il ajuste les bretelles de son sac à dos, croise les bras et se frictionne les flancs en grelottant. Une toux brève et violente meurt sur ses lèvres. Il voit son haleine qui flotte devant lui comme si son âme lui échappait. Une voiture fait un appel de phares et klaxonne frénétiquement en passant près de lui. L'homme ne bouge pas. Il cherche les étoiles dans le ciel sans les trouver. La nuit est nuageuse, il fera froid, mais pas autant que les derniers jours. La neige tombe, c'est bon signe.

Pour ne pas geler sur place, l'homme fait quelques pas dans le sens du trafic. Il lève le pouce à chaque nouvelle voiture qui vient. Il sent la morsure du froid au bout de ses doigts et de ses orteils. Bientôt, il ne sentira plus rien, il le sait. Son sac est léger, il a presque tous les vêtements qu'il possède sur le dos. Dans le terre-plein qui sépare l'autoroute en deux, l'homme imagine qu'une rivière noire et profonde coule silencieusement, son courant puissant et obscur recouvrant les rochers du fond, les épaves et les cadavres. Les phares d'un camion illuminent les flocons qui tourbillonnent autour de sa tête comme un halo. L'homme tire son capuchon devant ses yeux. Ses sourcils sont couverts de givre.

Il se retourne en entendant le bruit saccadé du frein à air. L'énorme camion remorque se range sur l'accotement et s'immobilise quelques mètres derrière lui. Ses phares l'éblouissent. L'homme se dirige au petit trot vers le côté passager et grimpe l'échelle d'accès. La portière s'ouvre aussitôt, poussée de l'intérieur.

— *Come on in. You must be freezing*[1] !

L'auto-stoppeur obéit et pénètre dans l'intérieur tempéré de l'habitacle. Un homme immense à la barbe rousse et au teint rougeâtre lui dit de refermer la portière et engage la première vitesse. Le camion se met en branle dans un grondement mécanique et reprend la route. Le chauffeur se tourne vers lui, souriant largement dans sa barbe.

1. Monte. Tu dois être gelé !

— *Where are you going*[1] *?*

L'homme répond qu'il va à la frontière. Le camionneur hoche la tête.

— *I can take you to Stanstead if you want. I just have to make a stop on the way*[2].

L'homme acquiesce. Le camionneur tourne un bouton du système de chauffage et une chaleur bienfaisante envahit l'habitacle. Il porte une vaste chemise à carreaux qui s'étire sur son embonpoint. Ses manches sont roulées au-dessus du coude et laissent voir de longs poils blonds et drus. Il conduit d'une main, l'autre posée sur le levier de vitesse.

L'homme abaisse son capuchon et retire ses mitaines. Il frotte ses doigts rougis par le froid. L'intérieur du camion a l'odeur d'un tapis à poils longs. Des photographies de famille sont collées au tableau de bord près d'un émetteur-récepteur. Derrière les sièges du chauffeur et du passager, une couchette surmontée d'étagères fixes est installée dans la cabine étroite. Des magazines et un roman jonchent le lit, le livre est ouvert et posé à plat. Entre les deux sièges, une tasse en acier équipée d'un couvercle en plastique noir repose dans le porte-gobelet. De la musique joue faiblement à la radio. Le tableau de bord renvoie une lueur vert et orangé.

L'homme regarde à l'extérieur. La cabine du camion se trouve à plus de deux mètres de hauteur de la route. Les flocons s'écrasent sur le pare-brise, aussitôt rabattus par les essuie-glaces. L'homme observe le passage de plus en plus rapide sous le nez du camion de l'asphalte fissuré par les hivers successifs. Des rétroviseurs fixés au bout

1. Où est-ce que tu vas ?

2. Je peux te conduire jusqu'à Stanstead, si ça t'arrange. J'ai juste un arrêt à faire en chemin.

du capot et sur les côtés de la cabine lui renvoient la réflexion allongée de la remorque derrière eux. Le grondement du moteur suit une ascension régulière. Le chauffeur change les vitesses. Loin devant, l'homme aperçoit les feux de route d'une voiture. Deux points rouges se déplaçant latéralement en suivant la vaste courbe de la route. Un panneau de signalisation vert et blanc passe fugitivement dans la nuit. L'homme garde un instant les yeux fermés. Il sent le givre qui fond sur ses sourcils. Le camionneur désigne la courbe du doigt.

— *I don't like this road. It's not safe. Too many accidents*[1].

Il se met à raconter comment un camion tirant une double remorque a dérapé quelques jours plus tôt sur de la glace noire et comment, propulsé en avant par le poids de sa cargaison, il a défoncé le parapet. Son moteur était en flammes quand il s'est immobilisé. Le chauffeur a pu sortir, mais le temps que les pompiers arrivent, le camion était fichu.

— *That's why I don't like this place. If something happens to you, help doesn't get here on time. There's nothing out here. Nobody comes*[2].

Devant eux, la route s'enfonce progressivement dans une invisible vallée. Sur les monts environnants, les ours sont endormis. Ils ne se réveilleront qu'au printemps, leurs membres affaiblis par le sommeil et leur corps réclamant une nourriture vitale. Ils sont roulés en boule dans leur épaisse fourrure, protégés du froid glacial par les couches de gras que leur sagesse automnale leur a permis d'amasser. Ils se terrent dans des trous, dans l'humidité des troncs, sous

---

1. J'aime pas cette route. Elle est pas sûre. Trop d'accidents.
2. C'est pour ça que j'aime pas cet endroit. S'il t'arrive un truc, les secours vont mettre une éternité à arriver. Y a rien ici, personne ne vient dans ce coin.

les couches de neige des sommets ou dans la profondeur des cavernes. Ils sont endormis, immobiles et invisibles, mais ils reviendront dès le printemps. Et leur appétit se réveillera avec eux.

Des milliers de flocons flottent en désordre dans le double faisceau des phares du camion. Penser que chacun d'entre eux est unique est presque insupportable. Les tourbillons de l'air les happent avec violence. La régularité du moteur est impitoyable. Combien de pièces indépendantes composent un camion entier ? Seuls dans la cabine, isolés des autres êtres humains par la vélocité de leur course, le camionneur et l'autostoppeur fixent la route, le carnage des flocons et le massacre de l'unicité.

Le chauffeur annonce qu'il doit faire une pause. Quelques kilomètres plus loin se trouve une halte routière où il prévoit de s'arrêter. Il lui faut faire le plein et dormir quelques heures avant de continuer vers la frontière. S'il le désire, l'homme peut l'attendre au restaurant pendant qu'il dort et continuer le reste du chemin avec lui. L'homme accepte.

Le camion remorque décélère en empruntant la sortie de la halte. De nombreux camions se trouvent déjà dans le stationnement, toutes lumières éteintes. De rares lampadaires éclairent l'espace. Le camionneur trouve une place et arrête le moteur.

— *You can wait inside the diner. They'll let you stay as long as you order something. Just tell them you're with me. Don't worry, it's open till late and I'll be up before they close. I just need a little rest*[1].

1. Tu peux m'attendre dans le *diner*. Tant que tu consommes, ils t'autoriseront à rester. Dis-leur que t'es avec moi. T'inquiète pas, ça ouvre jusqu'à tard et je serai réveillé avant la fermeture. Faut juste que je fasse une courte sieste.

L'homme fait oui de la tête et sort dans le froid. Le parking est couvert d'une neige compacte. Partout autour de lui, de gigantesques remorques forment un labyrinthe duquel l'homme a peine à s'extraire. Il arrive enfin devant l'enseigne lumineuse marquée P & H et se dirige vers le restaurant.

De longues vitres couvrent toute la façade de l'établissement, laissant voir les clients attablés à l'intérieur. Derrière un comptoir chromé, deux serveuses en uniforme jaune et bleu se relaient entre la caisse et les tables. L'homme ouvre les doubles portes de l'entrée et s'arrête devant le téléphone public. Il fouille dans ses poches et trouve quelques pièces de vingt-cinq cents. Il fouille à nouveau et en extirpe un bout de papier froissé plié en quatre. Il jette un coup d'œil dans le restaurant. Personne ne fait attention à lui. Du dentelé d'une des pièces de monnaie, il gratte doucement le côté du téléphone. Un pick-up traverse le parking et s'engage sous le toit lumineux de la station-service adjacente. L'homme saisit le combiné, le soulève lentement comme si celui-ci était exagérément lourd, et regarde le numéro inscrit sur le bout de papier. De la musique, à peine audible, est diffusée dans la salle du restaurant. Le chauffeur du pick-up décroche le pistolet de la pompe et fait le plein. L'homme inspire un grand coup et lâche une à une les pièces, qui glissent avec un tintement dans la mécanique du téléphone. Il lève le papier devant ses yeux et compose le numéro.

La voix préenregistrée du répondeur se fait entendre.

— *Bonjour, vous avez bien joint Catherine, Richard et Émilie, veuillez laisser un message...*

L'homme éloigne le combiné de son oreille et raccroche délicatement. Une voiture traverse le parking et disparaît sans s'arrêter derrière la station-service. Le chauffeur du pick-up remet le pistolet en place et va payer à l'intérieur. Autour des lampadaires, une nuée de flocons s'affole soudainement. D'un pas traînant, l'homme retourne dehors.

Le vent s'est levé. L'homme marche jusqu'à la station-service et s'arrête sous le toit. Il regarde autour de lui. Derrière le restaurant, il aperçoit la devanture d'un motel cachée entre les sapins. Le chauffeur du pick-up sort de la station-service et remonte dans son véhicule en lui jetant un regard. L'homme se dirige vers le motel, les mains dans les poches et la tête rentrée pour mieux se protéger du vent. Ses bottes de chantier font crisser la neige à chacun de ses pas. Derrière lui, le pick-up démarre et s'en va.

Le bar est lié à l'entrée du motel par une sorte de passage couvert de contre-plaqué. Les fenêtres de l'établissement sont closes, mais les marques de bière annoncées en néons multicolores ne laissent aucun doute quant à la vocation de l'endroit. On entend la musique à plein volume de l'extérieur. L'homme s'approche et entre.

Un vaste comptoir de bois flanqué de tabourets en faux cuir est fixé au mur. Vissé à la paroi, un miroir au tain moucheté de taches grises renvoie l'image des bouteilles alignées sur l'étagère. Un barman en chemise à flanelle va et vient derrière le bar. Au centre de la petite pièce et coincée entre les banquettes, une table de billard occupe toute la place. Un abat-jour trapézoïdal suspendu au-dessus diffuse une lumière verte qui se confond avec la couleur du tapis. Sur le mur du fond, les queues de billard sont retenues à un support de bois où un tableau en ardoise sert à inscrire les points.

L'établissement palpite plus qu'il ne bouge. Une demi-douzaine de clients seulement s'y trouvent, majoritairement des hommes. Ils boivent des bières à la bouteille et regardent la télévision suspendue au-dessus du bar dans le coin. On a coupé le son pour mettre de la musique, mais les sous-titres du bulletin d'information permettent de suivre ce qui se dit. À l'écran, des hommes en tenue militaire couleur sable se déplacent sur une route désertique autour de leurs Humvees. Ils semblent chercher autour d'eux une explication au carnage qu'ils observent. Au bas de l'écran, les mots *Kuwait City*, *Operation Desert Storm* et *Highway of Death* défilent en continu. Des chars détruits enlisés dans le sable et des débris de véhicule bordent la route. Les soldats armés inspectent les lieux. Au bar, les hommes suivent les images du journal télévisé avec une immobilité minérale.

La musique pompe l'air à un rythme de cent vingt pulsations minute étrangement frénétique dans ce lieu quasi désert. Il y fait une chaleur étouffante. L'homme s'assoit sur un tabouret près de la porte et ôte son manteau. Il est aussitôt rejoint par le barman.

— *I'll have a beer*[1].

— *What kind*[2] *?*

— *Doesn't matter*[3].

Le barman ouvre la porte vitrée et retire du frigo une bouteille qu'il décapsule. Une mince vapeur blanche s'échappe du goulot. L'homme plie son manteau et le pose sur le tabouret percé de brûlures de cigarettes qui se trouve près de lui. Il transpire déjà sous sa chemise. Il porte la bouteille à ses lèvres et grimace en la reposant à moitié vide sur le comptoir. Un cercle humide marque l'endroit où se trouvait la bière un instant plus tôt. Comme les autres clients, l'homme lève la tête vers la télévision.

---

1. Je vais prendre une bière.
2. Laquelle ?
3. Aucune importance.

Une femme ouvre la porte des toilettes, traverse la salle et vient s'asseoir à côté de lui au bar. Elle lui sourit en s'asseyant.

— *Hi*[1].

L'homme la salue d'un hochement de tête. À l'écran, un cimetière automobile en plein désert est traversé par un photographe en tenue de combat. Un groupe de soldats lui sert d'escorte. À leurs pieds sont allongés des corps vêtus de haillons. Le photographe s'arrête pour prendre des clichés. Les soldats regardent autour d'eux, l'air inquiet. Ils se déplacent entre les carcasses noircies des automobiles, s'immobilisant devant la plateforme d'une camionnette où trois silhouettes fumantes dans des postures grotesques terminent de se consumer. Le photographe indique aux soldats le chemin qu'il désire prendre.

— *War is a sin. People should be ashamed of themselves*[2].

Le commentaire de la femme fait se retourner deux clients, qui lui jettent un regard noir. L'homme prend une longue gorgée de bière et dépose la bouteille vide sur le comptoir. Il fait un geste au barman de lui en apporter une autre. La femme lève le doigt.

— *One for me too, Randy*[3].

Elle pivote vers l'homme. Le barman dépose deux bouteilles devant eux et retourne à la télévision.

— *My name is Yolande, but everybody calls me Yonda around here. I don't mind, it's sexier*[4].

La femme tend la main. L'homme l'accepte.

---

1. Salut.
2. La guerre est une saloperie. Les gens devraient avoir honte d'eux-mêmes.
3. Une autre pour moi, Randy.
4. Mon nom est Yolande, mais tout le monde m'appelle Yonda, par ici. Ça me va, c'est plus sexy.

— *Nice to meet you, Yolande*[1].

L'homme prononce le nom à la française.

— *Do you speak French*[2] ?

— *Yes.* Oui.

Le visage de la femme se couvre d'un large sourire.

— Mon père parlait français. C'est avec lui que j'ai appris. Mon grand-père est venu du Canada pour travailler dans les *sawmills*, les scieries des Adirondacks. Puis il a trouvé une femme américaine et il est resté.

Sans raison, la femme éclate de rire.

— Ça fait longtemps que j'ai pas parlé français !

— Ça va, tu parles bien.

La femme balaie une mèche de son visage, le compliment semble lui faire plaisir.

— Mon père est né à Holyoke, dans le Massachusetts, mais il m'a parlé français toute sa vie. Il aurait pu rester là-bas, dans le Little Canada, mais il a rencontré ma mère et ils sont venus s'installer ici, dans le Vermont. C'était plein de francophones, dans le temps. Des fermiers du Québec et des pêcheurs du Nouveau-Brunswick qui étaient venus chercher des jobs dans les manufactures de textile.

La femme prend une gorgée de bière. L'homme la regarde. Elle a les cheveux très longs et frisés. Elle porte une jupe qui lui remonte au-dessus des genoux et une chemise en denim. Ses doigts sont ornés de plusieurs bagues.

— Quand ma mère est morte, je suis allée vivre avec mon père. C'est là que j'ai vraiment appris à parler français. Mes parents ont divorcé quand j'avais cinq ans. En bonne petite Américaine, je parlais juste anglais. Puis avec lui, j'ai pas eu le choix. Il m'a raconté que,

---

1. Ravi de te rencontrer, Yolande.
2. Tu parles français ?

dans le temps, il y avait tellement de francophones que des nonnes grises venues de Montréal ont ouvert un hôpital français à Lewiston, dans le Maine. Tu te rends compte ? Ici, aux States !

Elle tire sur sa jupe.

— Ç'a bien changé depuis...

La femme tripote l'étiquette de sa bière, qui se décolle lentement.

— Je sais pas pourquoi je te parle de ça. Peut-être parce que t'es de là, toi aussi. Mon père avait gardé le contact avec sa famille canadienne. Une fois, ils sont venus en train pour nous voir. Toute la famille, les oncles, les tantes, les cousins... tout le monde a débarqué chez nous. On vivait dans un petit appartement à Saint-Johnsbury, dans le comté de Caledonia. Ça les a pas dérangés. Ils ont couché sur le sofa, sur le plancher, dans la cuisine... C'était le bon temps.

Elle approche la bouteille de ses lèvres.

— En tout cas... Mais parle-moi donc un peu de toi, tu dis rien. Qu'est-ce qui t'amène dans le Vermont ?

— Je fais que passer.

— Et tu t'en vas où ?

— Je retourne chez nous.

— Au Québec ?

— C'est ça.

— Y a quelqu'un qui t'attend ?

— C'est compliqué.

— Tout est compliqué.

— Vraiment compliqué.

La femme détourne le regard, fait oui de la tête. L'homme se retient de tousser. Il s'éclaircit la gorge en prenant une rasade de bière.

— J'ai beaucoup voyagé. Ça fait cinq ou six ans que je suis sur la route. J'ai traversé une douzaine d'États. J'ai vu tellement d'endroits que je m'en souviens plus très bien. De temps en temps, je m'arrête, je trouve du travail et je m'installe. Je fais un peu d'argent avant de repartir. Ça dure jamais longtemps.

— Et tu viens d'où exactement ?

L'homme reprend une gorgée.

— Du comté de Magellan, près de la baie des Chaleurs. C'est là que je suis né. Mon père avait une ferme laitière. J'ai grandi dans ce coin avec mes deux frères, Gérard et Rémi. Le vieux nous a fait suer sang et eau. Matin et soir, à s'occuper de la ferme. La traite, les foins, les récoltes, bûcher en hiver, semer au printemps, toute l'année à piocher... J'ai appris le métier de cultivateur sans le vouloir. Un vrai gars de la campagne. Quand mon père est mort, c'est mon plus vieux frère, Gérard, qui a repris la ferme. Ça fait longtemps que je l'ai pas vu.

— C'est là que tu retournes ? Voir ton frère ?

— Non. Pas exactement.

Quelques clients semblent se disputer sur l'émission à regarder. Le barman tient la télécommande et fait patiemment le tour des chaînes. L'homme tourne la bouteille de bière entre ses doigts. Le barman arrête son choix sur une chaîne de sport en continu.

— Quand je suis venu aux États-Unis pour la première fois, c'est ici que j'ai traversé la frontière. Pas loin de Newport. J'avais pas grand-chose. Je cherchais du travail, mais comme je parlais pas anglais, personne voulait m'engager. Je faisais du pouce, j'ai eu de la chance. Je suis tombé sur un groupe de saisonniers qui descendaient faire les pommes. Ils faisaient ça depuis des années et ils avaient un circuit bien établi. Ils m'ont embarqué avec eux. Je les ai suivis pendant un bout de temps. C'est grâce à eux que j'ai trouvé mes premiers boulots. Chaque fin de semaine, on allait en ville remplir la boîte du pick-up de caisses de bière. On passait d'un côté à l'autre de la frontière sans se soucier de rien. On a fait le tabac en Ontario, les foins au Nouveau-Brunswick, les pommes dans le Maine et dans le New Hampshire. Je suis resté un an avec eux. Le temps de ramasser un peu d'argent et d'apprendre l'anglais.

Il s'interrompt un moment.

— Après un an, j'avais assez d'argent pour repartir tout seul. Je pouvais me débrouiller en anglais et je me sentais en confiance. Mais surtout, j'avais envie d'aller plus loin. J'en ai parlé à mes amis. J'ai vu tout de suite qu'ils avaient de la difficulté à comprendre. Y en a un ou deux qui se sont fâchés. J'ai essayé de leur expliquer, mais... J'ai encaissé ma dernière paie et je suis parti vers le sud tout seul. Je les ai jamais revus.

— *My God*, c'est triste, ton histoire.

La femme fait signe au barman.

— Tu m'invites ?

L'homme acquiesce d'un signe de tête. Deux nouvelles bières apparaissent bientôt devant eux sur le comptoir.

— Et après ?

— Après, je suis descendu le long de la côte est. Je voulais voir la mer. Je me suis arrêté un bout de temps à Cape Cod. J'avais un peu d'argent, mais pas assez pour rester oisif. Je me suis trouvé des jobines, le temps de voir venir. Toujours du travail manuel et saisonnier. Après, j'ai coupé presque en droite ligne jusqu'au Delaware. Je restais en campagne, j'évitais les grandes villes. Un camionneur qui roulait entre Albany et Baltimore m'a emmené. J'ai trouvé un boulot dans un élevage de poulets près de Seaford, mais je suis pas resté longtemps. Des milliers d'animaux entassés les uns sur les autres sans respirer, la machinerie, l'odeur... Je suis parti sans prendre l'argent qu'ils me devaient.

La porte du bar s'ouvre et laisse passer un courant d'air glacial. Trois hommes entrent en frappant les talons de leurs bottes. Les clients accoudés au comptoir se retournent pour regarder les nouveaux venus, puis reviennent à leur émission. Les trois se dirigent vers la table de billard, autour de laquelle ils s'installent. Le plus grand, un vrai colosse, commande des bières et des Jack Daniel's.

— Ça te dérange pas de voyager tout seul ?

— Pas trop, non. J'ai toujours été un solitaire. De temps en temps, je croise des gens sur la route. J'ai rencontré un couple de Mexicains qui descendait en Floride sur le pouce. On a fait un bout de chemin ensemble. Du beau monde. La saison des foins commençait, et j'ai réussi à me placer sur une ferme en Virginie, mais le contremaître a rien voulu savoir d'engager des Mexicains. Ils sont repartis sans rien dire. Quand le travail a été fini, j'ai encaissé l'argent et j'ai filé moi aussi.

Un des trois hommes autour de la table de billard insère des pièces de monnaie dans le mécanisme et appuie sur la culasse, déclenchant la bruyante chute des boules dans le casier. La femme tourne la tête vers eux. Le plus costaud saisit une queue au mur pendant que l'un de ses amis, un roux chétif, place les boules dans le triangle. L'homme poursuit son récit sans s'occuper du bruit.

— Je voyage sans itinéraire. J'ai besoin de rien. Quand il fait chaud, je couche dehors, quand j'ai faim, je mange. Un vrai vagabond. Quand l'argent sera épuisé, je trouverai du travail...

Une violente quinte de toux le force à s'interrompre. Son visage se crispe en une expression de souffrance. Ses traits se contractent et ses joues deviennent rouges. Ce n'est qu'après quelques secondes et une longue rasade de bière qu'il réussit à retrouver son souffle.

— Ça va ?

— Oui... Un instant.

Il vide le reste de sa bouteille avec une grimace.

— Je me suis juste étouffé.

Le costaud prend son élan et casse le triangle dans un fracas sec. La boule verte rayée s'enfonce dans la poche de coin.

— *Fourteen*[1].

Le barman ramasse les bouteilles vides, qu'il range dans une boîte en carton sous le bar. Les boules de billard claquent violemment.

— Tu retournes jamais chez toi ?

— De temps en temps.

Il donne l'impression de calculer.

— Ça fait un bout que je suis pas revenu. Je sais plus combien de temps exactement.

— Ça te manque ?

— Des fois.

La femme joue avec ses bagues.

— Et les femmes ? Dans tes voyages, il a bien dû y en avoir...

L'homme regarde ailleurs. La femme passe négligemment la main dans ses cheveux. Elle l'observe de biais, un sourire nonchalant aux lèvres. Il hésite.

— Des femmes, oui... Il y en a eu.

Le colosse fait des signes suggestifs avec sa queue de billard, désignant la femme à ses deux amis, qui se mettent à rire. Ni l'homme ni la femme ne le remarquent.

— J'ai été marié il y a longtemps. Mais c'est fini maintenant.

— Ta femme t'a quitté ?

L'homme sourit amèrement. La femme se reprend.

— Excuse-moi. Je suis trop directe des fois.

— Non, ça va. C'est moi qui suis... parti.

La femme hoche la tête en signe d'assentiment.

---

1. Quatorze.

— Pas besoin de me donner de détails. Je suis passée par là. Avec mon ex-mari, ç'a pas été facile. Quand on s'est rencontrés, il était différent... gentil. Je sais pas ce qui est arrivé. Il est devenu le crétin typique, le genre d'homme plus intéressé à se soûler en regardant le football du lundi soir qu'à faire l'amour à sa femme. À la fin, on faisait chambre à part. On se parlait plus du tout. Il a commencé à me tromper. Il rentrait tard, ses excuses étaient minables. Bien sûr, je l'ai su tout de suite. On vivait à Danville, un petit village pas loin d'ici. Un endroit où les nouvelles voyagent vite. Tu vois le genre ?

L'homme fait oui de la tête.

— Mais le pire, ç'a été le divorce. On s'est battus comme des chiens pour des bagatelles. Juste pour gagner, pour avoir raison. On est allés en cour. C'était horrible, ç'a duré une éternité. Au bout du compte, c'est moi qui ai eu le condo. Il me l'a jamais pardonné. Heureusement, on n'avait pas d'enfants. Je peux pas imaginer comment ça se serait passé.

Elle s'interrompt un instant, glisse à nouveau la main dans ses cheveux.

— Enfin, c'est de l'histoire ancienne. Il faut continuer à vivre, à profiter de la vie. Tu trouves pas ?

Il acquiesce. La femme fait signe au barman, montre une bouteille du doigt.

— *Two tequilas, Randy. With lemon and salt*[1].

Pendant qu'elle commande, le costaud contourne la table de billard et se place juste derrière elle. En s'inclinant au-dessus du tapis pour jouer son coup, il lui effleure les fesses. Elle se retourne violemment.

— *Hey ! Watch it*[2] *!*

---

1. Deux téquilas, Randy. Avec du citron et du sel.
2. Hé, bas les pattes !

L'homme se redresse.

— *What*[1] ?

— *What do you think*[2] ?

— *Sorry, I didn't mean that*[3].

La femme pince les lèvres en une moue ironique. Le joueur de billard se retourne pour reprendre sa partie. Il adresse au passage un clin d'œil à ses amis. Le barman dépose sur le comptoir deux petits verres remplis d'un liquide incolore accompagnés d'une salière et d'une soucoupe garnie de quartiers de citron. La femme pousse un verre devant le voyageur.

— Aux divorces !

— Si tu veux.

La femme passe sa langue sur le revers de sa main, qu'elle asperge de sel. Ils boivent le liquide brûlant et mordent dans un quartier de citron. L'homme toussote un peu. La femme plisse les yeux. Ils déposent leurs verres l'un à côté de l'autre. La femme souffle comme si elle avait avalé du feu.

Elle prend son sac à main sous le tabouret et en extirpe une petite boîte de plastique. Deux pastilles mentholées tombent dans sa paume ouverte. Elle les gobe aussitôt. Elle en offre à l'homme, qui refuse.

— T'en as toi, des enfants ?

Il observe son reflet dans le miroir.

— Oui, une fille.

— Elle s'appelle comment ?

— Émilie.

— C'est un beau nom. Tu la vois souvent ?

— J'essaie quand je rentre chez nous, mais c'est pas toujours possible.

---

1. Quoi ?
2. Fais pas comme si t'avais pas compris.
3. Pardon, ce n'était pas volontaire.

La femme hoche la tête.

— C'est ta femme qui a la garde ?

Il hésite.

— Dans les premiers temps après notre séparation, je pouvais voir ni ma femme ni ma fille. C'est un peu compliqué, la façon dont on s'est quittés. Il y a pas mal de choses qui ont pas été dites.

L'homme s'interrompt. Il met son poing devant sa bouche et tousse.

— Puis les années ont passé, Émilie a grandi. Les choses ont changé pour moi. C'est peut-être à cause de la distance ou de l'éloignement, mais ma façon de penser s'est transformée. Soudainement, j'avais envie d'être avec ma fille. Je pouvais plus supporter d'être loin d'elle. Je suis resté près de la frontière et j'ai traversé souvent pour retourner chez nous.

L'homme plisse les paupières. Il joue avec le verre de téquila, au fond duquel il reste encore un peu de liquide.

— Tu vas trouver ça bizarre.

— Quoi ?

— Je me suis mis à les suivre. En cachette. Je connaissais leurs horaires. Je les suivais de loin quand elles sortaient, qu'elles allaient à l'épicerie ou à la garderie. Je faisais très attention qu'elles me voient pas. Ça me rassurait d'une certaine façon. Je prenais mes précautions. Parfois je louais une voiture pour les suivre. Je pouvais pas m'en empêcher. Il fallait absolument que je voie la petite. À un moment donné, j'ai même pensé…

L'homme regarde le fond de son verre. La femme insiste.

— Oui ?

Il avale le reste de la téquila. Dans son dos, les boules de billard s'entrechoquent brutalement.

— Pendant un temps, j'ai même pensé la kidnapper. C'est horrible, je sais, mais j'en pouvais plus. Je voulais être avec elle. Je me disais, c'est ma fille à moi aussi ! J'avais tout préparé, l'occasion, la voiture, je savais comment faire. Puis, le jour de l'enlèvement...

— Oui ?

— J'ai pas pu le faire. C'était trop.

La femme met sa main sur la sienne.

— C'est peut-être mieux comme ça, non ?

Au bar, les hommes ont toujours le regard rivé à la télévision. Le barman est sorti de derrière son comptoir et fait le tour de la salle à la recherche de bouteilles vides. Le colosse s'accoude à quelques centimètres de la femme. Elle tourne la tête vers lui.

— *What do you want now*[1] *?*

— *Just getting a beer*[2].

La femme fait un demi-tour de tabouret pour lui faire face.

— *We're having a conversation here*[3].

Le barman revient derrière le comptoir. Les hommes qui regardent la télé tournent la tête vers la femme, qui a parlé fort.

— *I don't want to disturb*[4].

— *Then please leave us alone*[5].

Le grand costaud fait signe au barman, qui pose trois bières devant lui. Il saisit les bouteilles entre les doigts d'une main.

— *No need to get on your high horse, darling. We're just having fun*[6].

---

1. Qu'est-ce que tu veux ?
2. Juste une bière.
3. On cause, là.
4. Je veux pas déranger.
5. Alors laisse-nous tranquilles.
6. Pas la peine de monter sur tes grands chevaux, chérie. On s'amuse, c'est tout.

La femme ne semble pas du tout amusée.

— *You have your beers, you're happy. Can you please leave us now*[1] ?

— *Okay, okay, just trying to be friendly here*[2].

Le géant retourne à sa table sous les huées de ses amis. Les hommes au bar redirigent leur attention vers la télévision. La femme fait un signe d'exaspération.

— Je suis désolée, mais y a des gens qui… *They just can't behave themselves*[3] !

— C'est vrai. Je…

Une autre quinte de toux l'interrompt, plus violente que la précédente. Il s'accroche au bar. Son visage se crispe en un rictus de douleur. La femme pose la main sur son épaule. La toux n'arrête pas.

— Ça va ?

L'homme s'incline sur le comptoir. Sa toux devient spasmodique. Il fait signe à la femme de patienter. Les autres clients se retournent. Peu à peu, l'homme se remet de la crise. Il inspire profondément, visiblement épuisé.

— Tu tousses beaucoup. T'es certain que tout va bien ?

Il boit une gorgée de bière, émergeant des profondeurs.

— Un vieux rhume, c'est rien.

Il sourit.

— Je parle trop, on dirait.

— Ç'a pas l'air d'un rhume, ça.

— Je te dis que c'est rien.

Le colosse contourne la table de billard et s'arrête derrière l'homme au bar. Il lui donne un coup de coude dans les côtes.

---

1. T'as tes bières, c'est cool. Maintenant, laisse-nous.
2. OK, OK, j'essayais juste d'être sympa.
3. Ils ne savent pas se tenir !

— *Hey, Frenchie, you all right ? Sure you can handle her*[1] ?

La femme se retourne vers lui, exaspérée.

— *Are you dumb or something ? What is your problem*[2] ?

Le joueur de billard paraît surpris.

— *No problem. I just thought I'd buy you a drink*[3].

— *I don't want a drink. I want you to leave*[4].

L'homme se lève. Le joueur de billard fait une bonne tête de plus que lui. Un vaste sourire se peint sur son visage.

— *What is it, Frenchie*[5] ?

L'attention des autres clients se porte sur eux. Le barman s'approche insensiblement. La femme se lève à son tour.

— *Hey, cool down, okay*[6] ?

— Laisse faire, ils me font pas peur. C'est des losers !

— *What did you call us ? Losers*[7] ?

— C'est ça. *Go back to your friends. We don't want you here*[8].

Le mastodonte fait un pas en avant, s'arrêtant très près de son visage.

— *Are you trying to insult us, Frenchie*[9] ?

L'homme ne flanche pas.

— *What if I am*[10] ?

La femme intervient.

---

1. Hé, Frenchie, ça va ? T'es sûr de pouvoir gérer une fille comme ça ?
2. T'es idiot, ou quoi ? C'est quoi ton problème ?
3. Aucun problème. Je voulais juste t'offrir un verre.
4. Je veux pas d'un verre, je veux que tu t'en ailles.
5. Qu'est-ce qui y a, Frenchie ?
6. Hé, on se calme, OK ?
7. Comment tu nous as appelés ? Tocards ?
8. Retourne voir tes potes. On n'a pas besoin de toi ici.
9. Tu m'insultes, Frenchie ?
10. Et alors, tu comptes faire quoi ?

— *Leave him alone, you jerk ! Don't you have better things to do than messing with people like that ? Three against one, very brave of you. Do us a favor, get lost*[1] *!*

— *I think the lady would be better off with me*[2].

— *Fuck you*[3].

Le coup de poing l'atteint au plexus, et il se plie en deux. Le grand costaud se penche vers lui.

— *You had enough already*[4] *?*

Le barman intervient.

— *I don't want any fights here, is that clear ? Or I'm calling the police*[5] *!*

L'homme se relève subitement, puis donne un coup de tête au joueur de billard, qui s'écroule. Son nez se met à saigner. Ses deux amis s'élancent vers eux. L'homme donne un coup de pied qui atteint le colosse en pleine poitrine. Presque au même moment, il reçoit un coup de queue de billard à la base du cou. La femme recule en criant.

— *Stop it*[6] *!*

Le colosse se relève en s'essuyant le nez.

— *Hold him*[7] *!*

Ses deux amis se jettent sur l'homme et l'immobilisent en lui retenant les bras par-derrière. Il se débat en vain. Il tente de donner des coups de pied. Le barman s'approche du téléphone.

---

1. Laisse-le, connard ! T'as rien de mieux à faire que d'ennuyer le monde ? Trois contre un, quel courage ! Fais-nous une faveur, casse-toi !
2. Je crois que la dame t'a demandé de nous laisser.
3. Va te faire foutre.
4. Ça te va comme ça ?
5. Pas de bagarre ici, c'est clair ? Ou j'appelle la police !
6. Arrête !
7. Tiens-le !

— *I'm calling the cops*[1] !

La brute lui donne un coup de poing dans le ventre, lui coupant la respiration. Ses jambes se dérobent sous lui, mais il ne tombe pas, solidement retenu en place par les deux hommes derrière lui. Un coup de poing à la mâchoire lui déchausse une molaire. La femme bondit sur un des gars.

— *Let him go*[2] !

Le colosse la repousse violemment. Elle s'écroule entre deux tabourets, mais se remet aussitôt sur pied. Elle lance aux autres clients du bar :

— *C'mon, do something*[3] !

Le sang coule sur le visage du voyageur. Son arcade sourcilière est fendue. Le colosse s'arrête de frapper. Il montre la porte du bar.

— *Let's take out the trash*[4].

Les trois hommes agrippent le blessé par les jambes et les bras et se dirigent vers la sortie. L'un d'eux ouvre la porte d'un coup de pied. Sentant qu'on le transporte, l'homme se remet à se débattre. Ses assaillants le laissent lourdement tomber sur la neige compacte du trottoir. La brute s'approche de lui.

— *And don't come back, Frenchie ! We don't want you here*[5] !

Il lui décoche un coup de pied dans l'estomac qui le plie en deux. L'homme se remet à tousser. De multiples taches rouges apparaissent sur la neige. Le joueur de billard fait signe à ses acolytes. Les trois amis disparaissent à l'intérieur du bar. Au même

---

1. J'appelle les flics !
2. Lâche-le !
3. Faites quelque chose, bon sang !
4. Venez, on sort la poubelle !
5. Et te repointe pas ici, Frenchie ! On veut pas de toi !

moment, la femme sort de l'établissement, le manteau et le sac de l'homme dans les bras, et se penche vers lui.

— *Sons of bitches ! Look what they've done to you*[1]...

L'homme se relève, et prend son manteau et son sac à dos. Il respire difficilement, mais parvient à s'habiller. La femme veut l'aider à enfiler son manteau, mais il refuse.

— Ça va, je suis capable.

Le vent s'engouffre dans les arbres et fait trembler les branches comme des os. L'homme tire son capuchon sur sa tête. Du bout des doigts, il touche son arcade sourcilière ensanglantée. La femme sort un mouchoir en papier de sa poche.

— Merci, fait-il en l'acceptant.

— Quels salauds...

L'homme se dirige vers la station-service. La femme le regarde partir.

— Mais attends, qu'est-ce que tu fais ?

— Je m'en vais. Y a quelqu'un qui m'attend.

La femme court derrière lui. Ses talons glissent sur le trottoir gelé, la faisant presque tomber.

— Attends un peu, la police arrive. Le barman les a appelés.

— Justement...

— Quoi, justement ?

— Rien, il faut que je m'en aille, c'est tout.

— Mais tu peux pas partir comme ça ! T'as pas passé un bon moment avec moi ? Tu veux pas rester encore un peu ?

L'homme s'arrête juste sous un lampadaire. La lumière jaune lui tombe dessus à la verticale. Il se retourne. Ses vêtements sont tachés et son visage est couvert de sang. De la neige s'accroche à son pantalon.

---

1. Fils de putes ! Regardez ce que vous lui avez fait...

— Tu vois dans quel état je suis ?

— Voyons, reste un peu... On peut aller au motel si tu veux...

David parvient à la station-service et trouve la porte des toilettes sur le côté du bâtiment. La tête lui tourne. Il boite en avançant dans la lumière. Le sol maculé de neige fondue mêlée de terre est très glissant. Il s'arrête devant un lavabo et se regarde dans le miroir. Tout le côté droit de sa figure est tuméfié. La plaie, peu profonde, ne saigne plus. David nettoie sa blessure avec une serviette en papier mouillée, vite rosie de son sang. Grimaçant, il se remet à tousser et doit s'agripper au lavabo pour ne pas tomber par terre. Quand la crise est passée, il se lave les mains dans l'eau glaciale du robinet, s'en aspergeant généreusement le visage et le cou. Il frissonne. Ses doigts l'élancent. Il tâte sa nuque, là où la queue de billard l'a atteint.

En sortant, il aperçoit la lueur des gyrophares sur la façade du motel. Il rabat son capuchon et se dirige vers le restaurant. Il n'y a plus beaucoup de monde à l'intérieur, et l'une des deux serveuses a disparu. L'homme entre et passe les clients en revue. Le camionneur n'y est pas. La serveuse le regarde avec un drôle d'air. David la salue d'un geste, mais ne reçoit aucune réponse. Il ressort en claudiquant et retourne dans le parking en prenant soin d'éviter le bar et le motel.

Le stationnement est rempli de poids lourds. Les camions remorques prennent toute la place et il est difficile de s'y repérer. David erre un long moment entre les véhicules. Le vent qui s'engouffre entre les parois de métal le gifle durement au visage. Il marche lentement, soucieux de ne pas tomber. Il a cessé de neiger, mais la poudreuse qui s'est déposée sur la neige compacte est traître. Par deux fois, il doit s'accrocher au pare-chocs d'un camion. David cherche ses mitaines dans ses poches, mais ne les trouve pas. Elles ont dû tomber dans le bar lorsque la femme a pris son manteau. Il coince ses mains sous ses aisselles pour les réchauffer. Au fond du parking, près de la sortie de l'autoroute, il voit enfin le camion qui l'a amené. Il y a de la lumière dans la cabine.

David escalade les marches de l'échelle côté conducteur et frappe quelques coups sur la vitre. Il entend du bruit à l'intérieur.

— *What*[1] ?

— *It's me*[2].

Le visage imberbe et décharné d'un homme inconnu apparaît derrière la vitre.

— *Who the hell are you*[3] ?

David bredouille quelques mots incompréhensibles, fait un geste d'excuse et redescend. Le chauffeur laisse échapper un juron, sa voix assourdie par la vitre, et retourne se coucher. David s'éloigne sans se retourner, disparaissant entre deux camions.

Toutes les remorques se ressemblent. Il revient au restaurant juste à temps pour y voir les lumières s'éteindre et la serveuse sortir dans le parking où l'attend une voiture. Un homme est au volant, la femme monte à bord et l'embrasse. La voiture démarre et passe près de lui en l'évitant. Il la regarde se diriger vers l'autoroute et disparaître dans l'obscurité. Une fine et légère neige se remet à tomber. Le silence est celui du vent, des arbres et de la solitude.

Il rajuste son sac à dos puis fouille dans ses poches. Il n'y trouve que quelques dollars froissés et des pièces de monnaie. Ses orteils se recroquevillent au fond

1. Quoi ?
2. C'est moi.
3. Bon Dieu, mais t'es qui, toi ?

de ses bottes de chantier. Il remonte péniblement sur l'autoroute, mouvant sa carcasse comme un châtiment. Les véhicules sont rares, mais quelques camions remorques circulent encore. Sur l'accotement, il s'immobilise pour tousser, les mains sur les cuisses et les genoux pliés comme s'il allait vomir. Il crache du sang qui souille la pureté de la neige. En tâtonnant derrière lui, il décroche le thermos arrimé à son sac et verse le liquide tiède dans le bouchon de métal. Il boit quelques gorgées qui l'apaisent un peu avant de remettre le thermos en place. Des phares apparaissent derrière lui, perçant la nuit noire. L'homme se met en position et lève le pouce. La remorque passe tout près dans un cliquetis de métal, le laissant seul et glacé dans son sillage.

Il se remet à tousser. Sa nuque lui fait mal. Il se tâte la gorge. Il sent le nodule de la grosseur d'un pois à la base de son cou. Dur comme un caillou.

— Tu parles d'une façon de crever.

David ferme les yeux. Il incline la tête en arrière, comme pour observer le ciel. Il sent les flocons lui fondre sur les joues. Il reste un long moment ainsi à regarder les étoiles lui tomber sur la figure.

- 6 -

Les Mares-Noires. Le grand fleuve n'en connaît que la face éclairée. Les arbres se serrent les uns contre les autres, tremblants et malades. Plusieurs sont atteints de la rouille des aiguilles, un champignon qui cause une importante défoliation. Leurs cônes infectés gisent sur le plancher du sous-bois comme de petites bombes à retardement, menaçant la survie de l'espèce. Les habitants de cette forêt ressemblent à ces arbres dégénérescents. Derrière la muraille d'épinettes se cachent les derniers représentants des espèces animales qui hantaient jadis le territoire, fantômes de ce qu'ils étaient il y a des siècles. Les loups gris, chassés par les fourches des colons protégeant leurs troupeaux, le redoutable carcajou, ses longs ongles creusant les sous-bois pour s'y cacher, le faucon pèlerin, étouffé par les volutes des cheminées, et la tortue des bois, frêle créature à la longue vie, s'y dissimulent pareils à des ombres. Seul le coyote continue d'errer hors de la forêt, entre les conteneurs et les étangs d'épuration, scrutant les boisés et les rampes d'autoroute à la recherche d'une maigre proie. Il dédaigne les habitudes millénaires de sa race. De temps en temps, un fermier inquiet pour ses poules lui envoie une volée de plombs. Le coyote ne meurt pas tout de suite. Il se traîne pendant des kilomètres, sanguinolent et affolé, cherchant dans l'obscurité une façon de survivre ou de revenir en arrière, une rédemption, une absolution ou une mort rapide. L'odeur de son sang attire les seuls prédateurs qui prospèrent encore dans ces bois. Les nécrophores se ruent sur lui. Une armée d'insectes ravage son corps couché sur le flanc. Les coléoptères pondent leurs larves dans sa chair encore chaude. Du coyote, comme de la forêt qui l'abrite, il ne restera bientôt plus que la légende et le squelette.

Une longue étendue de sable surnommée la Petite-Floride sépare la forêt du parc portuaire. Telle une frontière entre deux univers qui ne doivent jamais se toucher, la plage scinde le paysage en parties inégales. D'un côté, le bois périssant et rougi par la rouille ; de l'autre, les pyramides nues des pylônes électriques de la vieille centrale. La rumeur des machines est audible malgré la distance. De l'autre côté du bois, l'autoroute ressemble à une parodie de la grande rivière. L'eau du fleuve s'écoule vers la mer, le trafic automobile se déverse vers la métropole. Une vibration constante agite l'air. Sur la plage, parmi les détritus abandonnés au gré du vent, les musaraignes et les mulots quittent leur repaire d'herbes folles. L'explosion d'un lointain pot d'échappement ne les distrait nullement de leur besogne.

La tente se dresse sous le couvert des arbres. Le campement est misérable. Une vaste bâche de plastique pliée en deux sur une branche basse, six grosses pierres retenant au sol ce qui tient lieu d'abri au campeur. Des vêtements sèchent un peu partout, pendant comme des lambeaux informes, pavillons déchirés et mornes accrochés aux branches des épinettes. Certains sont tombés pendant la nuit et gisent sur la terre encore humide, boules moites couvertes de sable et d'épines. Un vague cercle de cendres mouillées d'où émergent des tronçons de bois calcinés trahit la présence d'un feu de camp. Les reliefs du repas sont toujours là. Une gamelle en fer-blanc semblable à celles utilisées par les militaires traîne près du feu, maculée de graisse et de terre. Une bouteille d'eau en plastique décoloré garde les marques de la brûlure du feu. À l'entrée de la tente, une paire de bottes de chantier monte la garde, absurdes et grotesques sentinelles dont les lacets dénoués ressemblent à des veines sectionnées. Sous son abri de plastique, le campeur se met à tousser.

L'homme écarte la bâche et se met debout. Il ne porte qu'un pantalon de velours côtelé usé aux genoux et déchiré. Son torse nu est couvert de croûtes rose et mauve qui ressemblent à des lésions d'eczéma. D'un pas chancelant, il se penche pour saisir la bouteille d'eau noircie et se dirige vers le fleuve. Le discret ressac de la rivière et le roulement des cailloux couvrent un instant le bruit lointain de la route. L'homme plonge la bouteille dans l'eau et la porte à ses lèvres. Il se remet à tousser, recrachant l'eau qui gicle dans l'air. Le soleil n'est pas encore haut dans le ciel et l'eau du fleuve est froide malgré la saison. L'homme frissonne, mais reprend une gorgée au goût vaguement minéral. Il pose une main sur sa nuque en avalant. Il jette un coup d'œil en amont. Les grues du parc portuaire se dressent à l'horizon. L'homme retourne à sa tente et fait son bagage.

La construction du parc portuaire et industriel est antérieure à celle de la centrale. Née de la volonté de la province de créer un axe directeur entre les productions électriques du Nord et la demande grandissante de la métropole, la zone s'est peu à peu transformée en parc sidérurgique et métallurgique. Les compagnies de l'industrie lourde y ont installé leurs sièges sociaux.

Les sept mille hectares de terres cultivables se sont couverts d'usines chimiques, d'infrastructures de stockage et de gazoducs aux dessins compliqués. La géométrie a bouleversé la platitude du relief. Des bâtiments aux irréprochables angles droits sont sortis du sol comme des météores aux sommets desquels des enseignes lumineuses annoncèrent non pas la fin du monde, mais la transformation des ressources et la domination de la matière brute. La grande rivière offrait une voie de communication idéale. Le long débarcadère de béton fut le premier construit. Les cargos acheminèrent le matériel, les dockers le déchargèrent et les ouvriers le mirent en place. Comme dans une gigantesque fourmilière, tout fut bâti en un rien de temps. Au village, les aînés se mirent à dire que rien ne serait plus comme avant.

L'homme met son sac sur son dos. La bâche est pliée et le reste est fourré n'importe comment dans son sac. Il n'emporte que le nécessaire avec lui. Il quitte la plage sans un regard en arrière et s'enfonce dans la forêt. Aussitôt, la température baisse d'un degré. L'ombre est toujours dense à cette heure du matin. Du revers de la main, l'homme écarte les branches. Il ne s'est pas rasé depuis longtemps, il ne sait même plus à quoi il ressemble. Sous ses pas, la mousse qui semble recouvrir la pierre dure s'enfonce sournoisement. Les troncs renversés par les intempéries sont gorgés d'eau et pourrissent de l'intérieur. L'homme marche avec circonspection, il en a l'habitude. Malgré la touffeur de la forêt, il ne fait presque pas de bruit en avançant, mais chaque fois qu'il s'arrête pour tousser, il sait que toute la forêt l'entend. La faible population animale fuit devant lui. Quelques couleuvres retrouvent le trou où elles se cachent. Perché sur la cime d'une épinette, un grand corbeau bouge à peine la tête. L'homme parvient au sentier. Il s'extrait en crachant de la griffe des broussailles et pose pied sur la terre compacte. Au-dessus de sa tête, le corbeau s'envole en croassant.

Le sentier suit la longue courbe du chenal. Dissimulé en bas sous l'ombre des fougères, le ruisseau est invisible aux regards. Seul le bruit de l'eau terreuse glissant sur les pierres et les troncs trahit sa présence. Il n'a pas été emprunté depuis longtemps. Les racines sortent de terre et les branches se rejoignent de chaque côté à hauteur de poitrine. L'homme est sans cesse forcé de pencher la tête pour passer. De temps en temps, il s'arrête pour reprendre son souffle. Il tend l'oreille. Le raclement de l'air dans ses poumons fatigués est le seul bruit qu'il perçoive avec netteté. Tout le reste se fond dans un amalgame sonore sans signification. Il reconnaît le chant d'un oiseau, le craquement d'une branche. Rien de plus. Le battement de son cœur est assourdissant. L'homme pose à nouveau la main sur sa nuque. Il dégage la bouteille d'eau de la poche de son sac et boit. Le liquide le traverse sans aucun bienfait.

Selon les Abénaquis, le créateur du monde a fait les oiseaux tout blancs pour anticiper l'hiver, puis à la requête de ses enfants, il colora leurs ailes, leurs ventres, leurs têtes et leurs becs. Il donna le bleu au geai, le rouge et le brun au merle et le jaune au chardonneret. Pendant son travail, un oiseau impatient vint se poser sur son épaule. Il se mit à importuner le créateur, il renversa ses pots de peinture, lui adressa des requêtes pressantes et l'insulta pour sa lenteur au travail. Le créateur se fatigua. Il saisit l'agaçant volatile par les pattes et le plongea tête la première dans la teinture noire. Il le leva haut au bout de son bras et dit : « Telle est ma volonté, mon bel oiseau. Parce que tu l'as bien voulu, tu seras toujours un oiseau dérangeant et tapageur. Tu auras toujours un vol lourd et bruyant. Les autres oiseaux te craindront et les animaux te fuiront. On t'appellera Corbeau. » Alors que les créatures de ce royaume déclinent et meurent, que les couleurs s'effacent et que la fumée grise monte du sol, le grand corbeau, lui, prospère.

L'homme regarde devant lui. Il reconnaît la maison à travers les branches. Il sait où il se trouve pour y avoir vécu. Il se souvient de l'avoir achetée au vieil ermite qui y avait passé toute son existence. Bâtie sur le site d'un refuge de trappeur, lui avait raconté le vieux, c'est l'une des demeures les plus anciennes du village. L'homme fait quelques pas prudents. Par peur non de trébucher sur une racine ou de mettre le pied dans une fosse recouverte de mousse, mais d'être aperçu des occupants de la maison. Les fenêtres donnent à l'est. Les rayons du soleil gagnent en force. Derrière la maison, la longue pente douce descend vers le chenal. L'homme s'approche sans faire de bruit. Il retient son souffle, inquiet de se mettre à tousser au mauvais moment. Il voit le jardin, la galerie, les chaises et les jouets qui traînent. Il se détend un instant. Une ombre passe derrière la vitre à guillotine. L'homme n'ose plus avancer. Un visage d'enfant apparaît dans le cadre de la fenêtre. Leurs regards se croisent. Le visage disparaît aussitôt. L'homme entend le cri assourdi par les murs de l'ancienne cabane de trappeur. Sans regarder devant lui, il se met à courir à travers bois. Les branches lui giflent le visage. Poussé par la peur et la honte, il ne peut plus s'arrêter. Personne ne le suit. Il ne s'arrête qu'un kilomètre plus loin. Exténué et à bout de souffle, il s'effondre dans les fougères et perd connaissance.

La décharge du parc industriel sert également de dépotoir à la municipalité, qui y envoie ses camions. Du bout de son bec noir légèrement incurvé, le corbeau donne de petits coups répétés à une enveloppe maculée de sauce à spaghettis. Le sac sur lequel il se tient s'ouvre en régurgitant un liquide âcre et nauséabond. Le corbeau fait un bond sur le côté. Il plonge son bec dans le liquide en sortant sa langue pointue. Sur le sommet de la pile, l'un de ses congénères croasse bruyamment. Le corbeau lève la tête. Sa queue est longue et les plumes de sa gorge sont hérissées. La benne d'un camion à ordures s'ouvre au-dessus d'eux. Les deux oiseaux s'envolent et vont se poser quelques mètres plus loin sur un tas de déchets encore plus volumineux et odorant. Les ombres noir et gris y bondissent et virevoltent dans un tapage d'ailes, soulevant une poussière souillée et brune autour d'eux. L'une d'elles s'envole et disparaît dans l'azur.

Du ciel, les formes du terrain paraissent infiniment simples. Le carré des champs, la bordure déchirée du littoral, la touffeur de la forêt, la ligne droite d'un boulevard, les rectangles des toits, la tache verte d'un lac, la rondeur d'un silo ou la sinuosité de la rivière. Tout est identifiable sans ambiguïté. Le corbeau étire ses ailes, ses plumes tremblant sous lui. Il monte et redescend en suivant la chaleur de l'air. Au loin, les voitures filent sur l'autoroute. Un courant chaud l'appelle, il prend de l'altitude, assez pour apercevoir le village qui se profile à l'horizon. La fatigue le gagne. Le corbeau n'aime pas voler. Il se pose sur le sommet d'une épinette et plonge entre les épines roussies. En dessous de sa branche, le corps inarticulé de l'homme repose dans les fougères.

L'homme sent les aspérités du terrain sous son flanc. Le poids de son sac à dos l'a fait basculer sur le côté. Il pose une main par terre, se redresse. Autour de lui, la forêt ressemble à un pandémonium, un cycle infernal où les arbres se sont mués en créatures sournoises douées de mouvement. L'homme plisse les paupières. D'infimes étoiles rouge et or apparaissent devant ses yeux. De peur de chuter de nouveau, il assure sa prise sur le tronc d'un bouleau. Le mouvement diabolique de la forêt se calme un peu. Il ouvre les yeux.

L'homme s'extirpe des bretelles et laisse tomber son sac à dos par terre. Avec d'infinies précautions, il se penche pour prendre la bouteille d'eau et boit une généreuse rasade. Le liquide est tiède et son goût rappelle celui de la vase. L'homme boit néanmoins, se gargarisant longuement en penchant la tête en arrière et en recrachant l'eau dans les hautes herbes. Le soleil a monté dans le ciel depuis la dernière fois où il l'a aperçu. La matinée est déjà bien entamée. D'un geste contraint, l'homme remet son sac sur son dos. Il regarde autour de lui. Le sentier s'allonge sur sa gauche. Il entend une voiture qui passe. L'orée du bois est proche.

Il arrive en peu de temps à la route. La station-service se trouve droit devant. Réticent à se déplacer au grand jour, l'homme suit le chemin du village sous le couvert des arbres, préférant couper à travers champs que de marcher sur l'accotement. Il évite la station-service et la partie la plus ancienne du village et, faisant un détour encore plus vaste, il se dirige vers le nouveau développement et la partie la plus récente de l'agglomération. Le temps a passé et les noms de rues ne lui disent rien. Avenue des Érables, rue des Peupliers, boulevard des Saules, place des Chênes. L'homme s'y dirige comme un étranger, un dangereux apatride revenu à la terre de ses ancêtres. L'air perdu, il observe ces lieux qui ne devraient pas être là avec la dégaine d'un hors-la-loi pouilleux. Il évite de marcher dans la rue, d'attirer l'attention. Les promeneurs sont rares, il n'a pas à faire trop d'efforts pour se cacher. Lorsqu'une voiture croise son chemin, il regarde ailleurs, dissimulant son visage.

L'homme trouve la maison, mais passe devant sans s'arrêter. À peine daigne-t-il y jeter un regard. Le quartier est sans arbres, mais il repère une vaste haie de cèdres qui fait le tour de la propriété par-derrière. Il continue son chemin jusqu'au bout de la rue, tourne à droite et revient dans le sens opposé, un pâté de maisons plus loin. De nouveau à la hauteur de la maison, il aperçoit le contour de la haie qui dépasse de la clôture de bois du voisin. S'assurant que personne ne regarde, il se glisse par-dessus la palissade et disparaît derrière le cabanon. Il est parfaitement invisible de la rue et de la cour. La haie ne se trouve plus qu'à quelques centimètres. Il n'a qu'à se soulever sur la pointe des pieds pour jeter un coup d'œil vers la piscine. Délicatement, il tente de faire un trou à travers la longue rangée de cèdres. Sans succès. Se déplaçant un peu, il repère un endroit où le conifère roussi est moins épais qu'ailleurs. Il s'allonge sur le sol, invisible témoin de ce qu'il est venu chercher.

La fille sort sur la terrasse en maillot de bain, une serviette enroulée autour de sa taille. Elle porte un pichet rempli d'eau glacée et un verre qu'elle dépose sur la table. Elle laisse la porte-fenêtre ouverte derrière elle et s'assoit sur une chaise, un magazine sur les genoux. Une voix l'appelle de l'intérieur.

— Je vais reconduire Richard et je reviens tout de suite, OK ?

— D'accord !

La fille ouvre le magazine et se met à lire. Devant la maison, le bruit d'une portière qui claque est suivi du roulement d'un moteur qui s'éloigne. La fille tourne les pages du magazine sans se soucier de rien.

L'homme se redresse pour mieux voir. À genoux dans la haie, il écarte doucement les branches du petit conifère pour tenter d'apercevoir la terrasse dans son entièreté. De la fille, il ne voit que le haut de la tête, un bout d'épaule et le magazine. La masse de la piscine lui bloque la perspective. Sentant une quinte de toux qui vient, il se met les deux mains sur la bouche pour l'étouffer.

Son visage se crispe de douleur. L'homme pose une paume par terre, le souffle brisé. Quand il relève la tête, la fille est debout sur la terrasse et regarde dans sa direction. Elle semble chercher quelque chose des yeux. L'homme s'immobilise. La fille inspecte la cour sans trouver ce qu'elle cherche. Après un temps, elle dépose son magazine sur la table et descend dans la piscine.

L'homme ne la voit plus du tout. De temps en temps, il surprend un éclaboussement d'eau, quelques gouttes qui jaillissent du bord de la piscine et viennent mouiller l'herbe à ses pieds. Il se relève, mais n'ose pas dépasser le haut de la haie. Il se rassoit sur les genoux, le regard rivé sur la piscine. Il essuie sans les regarder ses mains sales de terre sur son pantalon. Il imagine la respiration de la fille qui fait des longueurs. Sans s'en rendre compte, il s'est mis à se gratter la poitrine. Dans la piscine, les vagues oscillent au rythme de la nageuse. Le soleil brille et la chaleur monte du sol. Les insectes sont sortis eux aussi et les mouches noires lui collent aux oreilles. L'homme tend le cou.

Le corbeau descend sur le fil du téléphone en jetant un regard carnivore sur tout ce qui l'entoure. Du haut des airs, la piscine ne ressemble à aucun élément géographique naturel. Aucune eau n'est si claire, aucun fond si bleu. Les plumes pointues de sa gorge oscillent au vent. Il tourne la tête de gauche à droite, l'incline, sans cesse en mouvement, hargneux et agressif. Son bec s'ouvre, un croassement rauque en sort. La lumière du soleil se reflète sur ses plumes graisseuses. Il étire les ailes comme pour s'envoler, mais reste en place. On dirait qu'il regarde la nageuse. Puis un objet attire son attention dans le fossé. Il plonge lourdement. La couleuvre est morte depuis quelque temps déjà. Le corbeau s'en approche à petits bonds prudents. Il donne un coup de bec et se retire. Rien ne bouge. Il réessaie. Le corps gris-noir de la couleuvre demeure sans mouvement. Le corbeau redonne un coup de bec, puis un autre, et un autre encore... Convaincu de l'inertie de sa victime, il s'acharne sur le long corps immobile, fracassant de son solide bec le fragile crâne du reptile. Il s'interrompt et regarde autour de lui. Rien en vue. Un insecte qui bourdonne près de lui le distrait un moment. D'une puissante série de coups, il fait un trou entre les écailles lisses de la couleuvre et en extirpe de minuscules bouts de chair qu'il ingère aussitôt. Il retire des entrailles du reptile un organe qui ressemble à une ficelle ou à un chapelet. Un moteur qui ronfle lui fait lever la tête. La voiture passe tout près, précipitant des cailloux au fond du fossé. Le corbeau s'envole en croassant. Il rejoint son poste d'observation sur le fil du téléphone. Tout en bas, la fille sort de la piscine.

Elle prend sa serviette et se sèche tout en regardant les pages du magazine ouvert sur la table. Elle s'arrête un instant et tend le cou, l'air profondément concentrée, puis continue de tourner les pages. Elle frotte ses cheveux, la serviette délimitant son visage. Elle ne remarque pas tout de suite l'homme qui traverse la cour et s'approche d'elle par-derrière. Elle ne l'entend même pas quand d'une voix rauque il prononce son prénom. Elle finit de se sécher les cheveux et termine sa lecture. Puis elle se retourne.

— Émilie...

La jeune fille fait un bond de côté en renversant l'une des chaises. Elle fait le tour de la terrasse, se déplaçant comme une bête traquée, et met d'instinct la table entre elle et l'inconnu. Elle respire fortement, mais ne crie pas. L'homme monte sur la terrasse en boitant. Son visage est recouvert d'une barbe noire qui fait penser à du lichen. Le haut de sa chemise est ouvert et laisse voir les plaques rouge et mauve sur sa poitrine. Ses vêtements sont tachés de terre. Il sourit d'une façon inquiétante, presque obscène. Il veut dire quelque chose, mais se met à tousser.

— Émilie, je...

L'équilibre lui manque. Il doit s'accrocher au rebord de la piscine pour ne pas basculer. La fille fait lentement le tour de la table, se rapprochant à chaque pas de la porte toujours ouverte. À bout de souffle, l'homme tente de parler, mais n'y arrive pas. Il fait un geste vers elle.

— Aie pas peur, c'est moi...

Nouvelle quinte de toux. La fille s'élance vers la porte, qu'elle referme derrière elle. Le loquet joue, les rideaux tombent sur la vitre. La fille a disparu à l'intérieur.

L'homme tousse à s'en arracher les poumons. À chaque nouvelle quinte, sa tête s'incline un peu plus vers sa poitrine. Bientôt, il n'en peut plus. Il s'écroule sur une chaise. Ses paupières se ferment en palpitant. Son dernier regard est pour la réflexion du soleil sur l'eau de la piscine. Il s'évanouit.

Le silence se joint à l'obscurité. La sensation paradoxale de ne plus sentir ni son corps ni son esprit s'empare de son être. Le temps n'existe plus. Il erre sans mémoire dans la noirceur d'une nuit désertée de ses étoiles. Il flotte entre deux eaux, impalpable et multiforme, une apparence d'homme, un spectre porté par le courant d'une rivière. Sa capacité à réfléchir est engourdie, ses mouvements sont paralysés. Dormeur sans rêve, il ignore combien de temps passe durant son sommeil forcé. Puis la vie revient. Il cligne des yeux. La lumière lui fait mal. Sur chaque objet, il ne voit que la réflexion du soleil, des formes lumineuses sans substance. Sa main s'agrippe à l'accoudoir de la chaise comme à une bouée. Puis il ouvre franchement les yeux et prend la pleine mesure de ce qui l'attend.

La femme lui sourit.

— David !

L'homme plisse les paupières pour mieux voir.

— Catherine ?

Celle-ci tombe à genoux devant lui.

— J'étais convaincue que tu reviendrais ! Je t'ai tellement attendu, si tu savais !

— Quoi, qu'est-ce que tu dis ?

Sa voix est enrouée, filet d'eau sale coulant sur un lit de cailloux. L'homme avale sa salive avec difficulté. Il fronce les sourcils. Son menton se soulève en tremblant. Il ne voit que les contours de la femme. Son image est envahie de lumière.

— Quand Émilie t'a vu, elle m'a tout de suite appelée sur mon cellulaire. Je savais que c'était toi. Je lui ai dit de rester dans la maison et de fermer les portes à clé, que j'arrivais tout de suite. Elle voulait appeler la police, mais je lui ai fermement interdit de le faire. Je voulais être la première à te parler. Je suis revenue à toute vitesse.

— Qu'est-ce qui s'est passé ?

— Tu as perdu connaissance, mon pauvre chéri ! Tu as l'air fatigué. As-tu faim ? Veux-tu boire ? Je peux te préparer quelque chose si tu veux.

Catherine pose les mains sur les genoux de David. Elle semble au bord des larmes.

— Je suis tellement heureuse que tu sois revenu ! Personne voulait me croire, mais j'ai jamais arrêté d'espérer ! J'ai toujours su que tu allais me revenir !

— Catherine, c'est pas ce que tu penses.

David recouvre lentement ses esprits. Il essaie de se lever, mais il retombe aussitôt sur la chaise. Catherine se relève pour l'aider, mais il la repousse d'un geste doux.

— Non, ça va.

— Qu'est-ce que t'as ? T'es malade ?

David inspire profondément.

— Je te prendrai quelque chose à boire. N'importe quoi.

Catherine lui verse un verre d'eau du pichet qui se trouve sur la table. Elle lui sourit maternellement en le regardant boire. David repose le verre à moitié vide.

— Catherine, je suis revenu pour Émilie.

Elle ne cille pas. David poursuit.

— Elle doit me croire mort, je le sais. Je m'attends pas à ce qu'elle m'accueille les bras ouverts, surtout dans mon état actuel. Mais c'est ma fille. Je voudrais qu'elle me connaisse. Je voudrais seulement la voir, lui parler un peu, entendre le son de sa voix... C'est pour ça que je suis revenu.

Catherine fixe son regard sur lui. Son sourire s'est figé, son visage s'est refermé. À l'observer, on pourrait croire qu'elle a cessé de respirer. Puis le mouvement revient. La colère remplace la douleur. Catherine fait quelques pas sur le patio. Les planches craquent. Elle joint les mains derrière le dos pour les empêcher de trembler.

— T'as l'air d'un cadavre, tu sais.

— J'en suis un.

— Tu aurais dû rester mort, David.

Ce dernier avale sa salive avec difficulté.

— J'ai essayé.

— Dommage que t'aies pas réussi.

David renifle. Catherine serre les poings dans son dos. Elle fait les cent pas devant lui, passant et repassant comme un félin derrière une grille.

— Écoute, Catherine...

— T'es vraiment un salaud.

David montre sa gorge.

— Je vais mourir.

— Encore ?

— C'est pour de vrai, cette fois-ci.

— Qu'est-ce que tu veux, David ?

Catherine s'immobilise. David est assis devant elle, chétif et malingre. Si différent de l'homme qu'elle a connu. Elle remarque les angles de son visage. C'était jadis un homme athlétique. Ses épaules tombent à présent. Son souffle est court. Sa main tremble. Catherine tire une chaise et s'assoit face à lui.

— Mon Dieu, David, qu'est-ce qui t'est arrivé ?

— Je suis pourri par en dedans. Au début, je croyais que c'était un rhume, une grippe... J'ai passé des années à coucher dehors avec ça !

Elle le regarde droit dans les yeux. Voyant qu'elle ne va pas l'interrompre, il poursuit :

— Je toussais tout le temps. Je me suis mis à cracher du sang. Ma voix a commencé à changer. Je pensais que c'était à cause de l'alcool, de la fatigue, des intempéries, du voyage...

Il ricane.

— Puis c'est devenu encore pire. Les douleurs à la gorge se sont étendues à la nuque. Je me réveillais la nuit. Un jour, j'ai pu le sentir ici...

Il montre du pouce un endroit dans son cou.

— Le nodule est palpable à travers la peau. Dur comme du bois.

Il lève un poing tremblant devant son visage.

— Et même avec des symptômes pareils, je suis resté dehors. Des années à laisser le cancer s'étendre. Une fuite en avant. Vers la fin, je m'arrêtais plus du tout, comme si le mouvement perpétuel allait me guérir. Je voulais tout laisser derrière moi, y compris mon corps. Je suis revenu sur mes pas. Je faisais du pouce quand je suis tombé dans les pommes. Une voiture s'est arrêtée, paraît-il. Ils m'ont emmené à l'hôpital. J'étais couché dans un corridor quand j'ai ouvert les yeux. C'est là que j'ai su ce que j'avais.

David s'arrête. Il observe la réaction de Catherine. Elle ne dit rien, mais ne détourne pas le regard.

— Le médecin qui s'occupait de mon cas a dit que la tumeur avait gagné les organes voisins, qu'elle avait tout infesté depuis longtemps. Il a dit que j'avais de la chance d'être encore debout.

— Comment c'est possible ?

— C'est le plongeon dans la piscine de stockage.

— Quoi ?

— Le jour de l'incendie de la centrale. Tout s'écroulait autour de moi. Le corridor était en feu. Il y a eu une explosion et je suis tombé dans la piscine de stockage. L'eau m'a contaminé jusqu'à l'os. C'est de là que vient le germe de la pourriture, de l'eau irradiée. Qui aurait pu prédire que je durerais aussi longtemps, avec de l'uranium dans le sang...

David grimace comme s'il voulait vomir. Une toux sèche et dure s'échappe de lui. Catherine le regarde bien en face. Il reprend son souffle.

— J'étais couvert de parasites quand ils m'ont trouvé. Je marchais vers la tombe. Ils m'ont parlé de chirurgie, de radiothérapie, mais mes chances de m'en sortir étaient si faibles qu'ils prenaient aucune option au sérieux. Mourir vite ou mourir lentement, ça revient au même. Je suis pas resté longtemps à l'hôpital. Juste le temps de me remettre.

— Alors tu es revenu ici pour mourir.

— Catherine...

L'homme hésite.

— Je suis revenu pour Émilie. Pour la voir avant de m'en aller.

Catherine soutient son regard. Son visage se durcit, ses mâchoires se contractent. Elle s'enfonce les ongles dans les paumes. Sans avertir, elle assène un coup de poing sur la table. Le pichet vacille et le verre tombe, se fracassant sur la terrasse.

Elle éclate de rire.

— Regarde ce que tu me fais faire !

Se penchant tranquillement, Catherine ramasse la base hérissée de pointes du verre brisé.

— Avant de t'en aller...

Elle se lève et fait quelques pas autour de la chaise de David, soupesant la base du verre dans sa main.

— Tu sais, ça fait longtemps que je sais que tu es vivant, David... Des années. Je t'ai vu quand tu nous espionnais.

Catherine pointe vers lui le verre brisé, qui luit au soleil.

— Inquiète-toi pas, Émilie te connaît. Je lui ai tout dit. Elle sait quel genre d'homme tu es : un lâche qui a abandonné sa famille.

Avec une vigueur insoupçonnée, David repousse le bras de Catherine et fait tomber le morceau de verre par terre. Il se lève le poing en l'air. Elle fait un pas en arrière. David la regarde, l'air furieux.

— Je suis pas un lâche !

— Prouve-le !

— C'est pour ça que je suis revenu.

— Je pensais que c'était pour elle.

— T'es jalouse, c'est ça ? Jalouse de ta propre fille ?

— Dégage avant que j'appelle la police.

— Tu feras jamais ça.

— Continue, tu vas voir.

— T'as peur, t'as toujours eu peur.

— Tu divagues. C'est toi qui t'es enfui comme un voleur.

— Avec raison.

— De quoi tu parles ?

— C'est toi que j'ai fuie, Catherine. Rien que toi. Notre couple, c'était une prison...

Elle lui donne une claque au visage. David s'interrompt, interloqué. Elle le frappe à nouveau, cogne de toutes ses forces, mais manque sa cible. Il la retient par les épaules, tente de lui immobiliser les bras derrière le dos. Elle se met à crier.

— Arrête...

Elle trébuche et tombe à genoux. David la lâche aussitôt. Il s'immobilise, le souffle creux. Il lui tend la main pour l'aider à se relever.

— Catherine, je...

Un coup de feu retentit. La balle l'atteint de plein fouet. David porte les mains à son ventre, stupéfait. Il fait un pas de côté, cherchant son équilibre, mais glisse et bascule dans la piscine. Son sang se mélange à l'eau. Catherine fait volte-face. Émilie se tient dans l'embrasure, la carabine de Richard entre ses mains.

Catherine se redresse et s'approche du bord de la piscine. David se débat au cœur d'une nuée rouge. De grosses bulles lui sortent de la bouche et du ventre et viennent éclater à la surface. Il tend désespérément les bras, incapable d'atteindre l'air. Catherine le regarde froidement, attendant patiemment qu'il se noie.

— Maman...

Catherine ne bouge pas, son regard fixé sur l'homme qui peine à disparaître. Il presse la main sur son ventre avec une expression d'atroce souffrance. Ses mouvements sont de plus en plus lents. Son corps se plie en deux. Les dernières bulles remontent à la surface. Catherine ne fait pas un mouvement.

Émilie laisse tomber la carabine sur la terrasse. Elle s'écroule par terre, les genoux entre les bras, et se met à pleurer. L'eau de la piscine est redevenue totalement calme.

Catherine reste un long moment à contempler le corps immobile au fond de la piscine. David achève de se vider de son sang. Le rouge est plus intense au niveau de son abdomen. Ses cheveux flottent autour de lui comme des algues, ses vêtements ondoient doucement. Une bulle reste accrochée à sa narine, ultime parcelle de vie s'agrippant au corps de celui qui fut David Bonaventure.

Catherine serre les poings. Son visage se déforme. Elle jette des regards fous autour d'elle. Comme si elle se réveillait soudain d'un cauchemar. Elle se retourne vers sa fille, qui est toujours prostrée derrière elle, l'arme du crime à ses pieds.

— Qu'est-ce que t'as fait ?!

Elle lui saute dessus. Les coups pleuvent sur la tête de la fille. Catherine crache sur elle, lui donne des coups de pied. Émilie les esquive avec peine. Elle lève les bras en écran, instinctivement. Catherine redouble d'ardeur, lui assène un coup de pied au ventre encore plus violent que les autres. L'adolescente hurle.

— Tu l'as tué ! Mon Dieu, qu'est-ce que tu as fait ?!

Catherine se penche et récupère le verre brisé.

— Maman...

— T'as tué ton père.

La fille fait non de la tête, des larmes coulent de ses yeux.

— C'est pas vrai !

Émilie pleure de plus belle. Elle se cache le visage entre ses mains.

— Je savais pas qui c'était...

— Meurtrière !

— Je pensais qu'il t'attaquait !

— Petite salope ! Il était revenu chercher de l'aide, il avait besoin de moi, tout serait redevenu comme avant...

Catherine fond sur sa fille, qui bat en retraite vers la cuisine en trébuchant. Elle lui lance ce qui reste du verre brisé et l'atteint au front. Émilie, sonnée, ne voit pas Catherine se jeter sur elle, à l'assaut. Lorsqu'elle recouvre ses esprits, sa mère est en train de lui arracher son maillot de bain.

— Petite pute ! Tu vas voir...

— Maman... Arrête, non !

Catherine se rappelle soudain la carabine restée dehors.

— C'est fini, c'est fini...

Elle se précipite vers la terrasse et se baisse pour prendre l'arme. Elle semble étrangement calme.

— T'es plus ma fille. T'es plus rien pour moi.

Émilie ramène les pans déchirés de son maillot sur sa poitrine. Son visage est couvert de sang. Catherine pointe l'arme dans sa direction.

— Va-t'en.

— Maman...

— Va-t'en ! hurle Catherine.

Émilie se met à courir. Elle heurte le sofa et s'étale par terre, laissant une tache sanglante sur le plancher. Aussitôt sur pied, elle court jusqu'à la porte, haletante. Catherine ne bouge pas, l'arme imperturbablement pointée vers elle. Émilie se retourne une dernière fois. Catherine fait feu. La balle arrache un pan de la porte. Émilie se jette dehors et disparaît.

D'un pas lent, comme amnésique, Catherine retourne sur la terrasse. Elle s'approche doucement de la piscine. Tout paraît calme dehors. Le vent ne souffle plus. Le ciel est pur. Son esprit erre. Elle a des choses à faire. D'abord repêcher le cadavre et l'enterrer quelque part en forêt. Purger la piscine et la remplir d'eau propre. Puis nettoyer la carabine et la replacer sur le mur. Lui revient en mémoire le coyote aperçu il y a des années, à la vieille maison. Elle revoit son corps maigre et l'agitation nerveuse de ses membres. Elle imagine ses crocs dépeçant le cadavre. Catherine lève les yeux vers le ciel. Elle sourit.

Épilogue

— T'as dormi ?
— Pas beaucoup.
— T'es nerveuse.
— Un peu.
— Tu sais comment ça va se passer ?
— Oui, mais je sais pas comment je vais réagir.
— Comment tu te sens en ce moment ? Prête ?
— C'est pas comme si j'avais le choix.
— On a toujours le choix.

La fille regarde par la fenêtre du bureau. Le printemps est déjà avancé. Les arbres se couvrent d'un feuillage vert, dense et profond. Même la cour, envahie par les mauvaises herbes, prend un aspect joyeux. Son regard erre au-delà de la clôture barbelée. Le ciel est peuplé de nuages ronds et doux aux formes réconfortantes, vastes et maternelles.

— Ça fait longtemps que je l'ai pas vue. La dernière fois, ça c'est pas très bien passé.
— Non.
— On en a parlé.
— Je sais. Mais vous vous êtes revues depuis.
— Dans la salle des visites. C'est pas pareil.

— Qu'est-ce qui est différent ?
— Ici, on est protégé.
— Il peut quand même y avoir du dégât.
— Mais chez elle, je sais pas.
— Tu ne sais pas quoi ?
— Comment elle va me recevoir. Je suis pas certaine de pouvoir m'adapter.
— Ce sera pas facile, c'est vrai.
— Je veux m'en sortir, mais avec elle, je sais pas si ça va être possible.
— C'est ta mère. Elle va t'aider.
— Tu l'as jamais rencontrée, ça paraît.
— Tu te trompes. J'ai eu plusieurs entrevues avec elle.
— Tu me l'as jamais dit !
— Ça fait partie du processus de sortie.
Le psychologue pose les coudes sur son bureau.
— Elle aussi, elle a changé, tu sais.
La fille se tourne vers la fenêtre. Dans quelques minutes, les autres envahiront la cour. Elles se disperseront, occupant tout l'espace disponible. Certaines demeureront seules, d'autres se réuniront en paires ou en petits groupes. Les bancs seront les premiers pris d'assaut, puis le coin de la cour près de la grille. Plusieurs fumeront des cigarettes. Aucun garde ne sera visible, mais ils regarderont quand même, quelques étages plus haut, derrière les fenêtres et les grilles. La fille se passe la main sur les yeux. Quand elle se retourne, le psychologue l'observe attentivement.
— Ce que tu as fait est grave, Émilie. Tu devras rencontrer un officier de façon régulière après ta sortie. Le processus judiciaire ne se termine pas ici. On prend une chance avec toi, tu sais. Ta mère est là pour t'aider.
— Et si je veux pas m'en aller ?

— Émilie, tu savais que ça allait finir comme ça. Cet endroit n'est pas pour toi. C'est une zone de convalescence, une aire de transit. On en a discuté.

— Oui, je sais.

— T'as peur ?

— Qu'est-ce que t'en penses !

Le psychologue sourit. Son fauteuil craque.

— Tu te souviens de ce que je t'ai dit : on a toujours le plus peur de ce qu'on connaît le moins.

— Ça veut rien dire.

Le psychologue fait tourner son fauteuil et se lève.

— Tu veux rester ici pour de vrai ou c'est juste pour parler ?

— Je sais pas.

La fille jette un nouveau coup d'œil dehors. Elle imagine le gazon qui pousse sous l'asphalte, la pression des brins d'herbe.

— Je voudrais m'en aller. Loin d'ici.

— Comme avant ?

— Non.

— Alors où ?

— Dans la vie d'une autre.

— Tu sais que c'est impossible.

— Oui.

— Tu sais où ça mène, ce genre de pensées ?

— Oui, je sais.

— Alors, explique-moi encore ce qui va se passer.

— J'ai pas envie.

— Allez... C'est la dernière fois.

Émilie enfonce ses mains dans les poches de ses jeans. Elle a repris du poids, les rondeurs de l'adolescence s'accentuent. Elle a changé de vêtements aussi. Fini le vernis et le maquillage noir. Une paire de jeans et un T-shirt. Elle fait le tour du bureau et vient s'asseoir. Le psychologue l'imite. Elle inspire profondément.

— Après notre séance, je vais retourner à ma chambre. Je vais préparer mes vêtements, ma valise, mes affaires... Je vais poser mes bagages près de la porte. Ensuite, je vais faire un tour d'adieu, dire au revoir aux autres.

— Ça t'angoisse, de dire adieu aux autres pensionnaires ?

— Non, pas trop.

— Tu as tissé des amitiés avec certaines d'entre elles, pourtant...

— C'est vrai.

Elle hésite.

— On va garder contact. C'est ce qu'on s'est promis.

— C'est bien.

La fille poursuit.

— Après, j'ai rendez-vous avec le directeur. Pas longtemps, juste le temps de dire quelques mots. C'est lui qui va m'accompagner jusqu'à la sortie.

— Et ta mère ?

— Elle va m'attendre dans la salle des visites.

— Qu'est-ce qui va se passer ensuite, quand tu seras sortie d'ici ?

— Comment tu veux que je le sache ?

— Ta mère t'en a pas parlé ?

La fille hoche la tête.

— On va aller à sa voiture.

— Pour aller où ?

— Chez elle. Dans son appartement.

— Tu sais où il se trouve ?

— Oui, elle m'a montré des photos. Il y a une chambre pour moi.

— Donc, vous arrivez à l'appartement...

— Oui... J'imagine qu'ensuite je vais à ma chambre défaire mes valises. Je m'installe, je...

La fille s'interrompt.

— Merde, comment tu veux que je le sache, ce qui va se passer après ?

Elle ravale ses larmes.
— J'ai peur que ce soit comme avant, c'est tout...
— C'est normal de ressentir de l'anxiété à ce moment-ci. C'est une transition difficile, que tu t'apprêtes à vivre.
— Si mon beau-père était là, ce serait plus facile. Il savait comment faire pour... je sais pas... être normal...
— On a discuté de ça aussi, Émilie.
— Je sais.
— Richard était un allié pour toi, c'est certain. Mais c'est avec ta mère que tu vas vivre maintenant, pas avec lui.
La fille détourne à nouveau le regard vers la fenêtre.
— Je sais. C'est juste que j'aimerais ça, qu'il soit là, OK ?
Elle prend un mouchoir dans la boîte qui se trouve sur le bureau.
— Des fois, je me dis que je suis prête et d'autres fois...
Elle se mouche.
— D'autres fois, pas trop.
— T'as pas à t'excuser, Émilie.
— Je m'excuse pas. C'est juste comme ça que je me sens.
— Tu vas peut-être pas me croire, mais ce que tu vis en ce moment est tout à fait normal.
La fille sourit faiblement. Le psychologue reprend.
— Il y a beaucoup de choses entre ta mère et toi, beaucoup de non-dits qui doivent être exprimés. La réussite de votre cohabitation dépend de votre capacité à communiquer.
— Oui, je sais.
— Bon.
Le psychologue regarde sa montre. La fille le voit faire.

— Tu veux te débarrasser de moi ?

— C'est l'heure, Émilie.

— Je pense pas être capable.

— Rappelle-toi ce qu'on a dit, c'est pas ta faute.

— Mais, tu la connais pas comme moi.

— Tu sais que tu peux m'écrire ou m'appeler. Tu peux venir me voir aussi. Ma porte est toujours ouverte.

— Tu me mets dehors, c'est ça ?

Le psychologue lui adresse un sourire maladroit. Il se lève, contourne son bureau et va ouvrir la porte. Émilie reste assise à sa place.

— C'est pas ce que tu penses. Tu vas t'en sortir, tu vas voir.

— Non, je veux pas y aller.

— Allez, Émilie. À partir de maintenant, c'est à toi de jouer. Tu sais quoi faire. T'as plus besoin de moi.

La fille se lève. Elle tremble violemment.

— Je veux pas y aller...

— Tu sais que t'as pas le choix.

La fille fait non de la tête. Le psychologue lui montre le corridor.

— Bonne chance, Émilie.

Remerciements

Merci à Marie-Ève Gaudet, Sophie Milcent, Étienne Gaudet et Annie Goulet.

Composition et mise en pages
Facompo à Rouen

MIXTE
Papier issu de
sources responsables
FSC® C003309
FSC
www.fsc.org

L'éditeur de cet ouvrage s'engage dans une démarche
de certification FSC® qui contribue à la préservation
des forêts pour les générations futures.

Pour en savoir plus :
www.editis.com/engagement-rse/

CET OUVRAGE
A ÉTÉ ACHEVÉ D'IMPRIMER
SUR ROTO-PAGE
PAR L'IMPRIMERIE FLOCH
À MAYENNE EN AOÛT 2022

N° d'impression : 100934
Imprimé en France